JN213784

HAWK OF QURAYSH

高く舞う孤影

YOSHIYAMA Hiroshi 吉山浩

クライシュの鷹

文芸社

プロローグ

イスラームの世に面白い奴がいた。その男の名はアブドゥル・ラフマーン一世といい、黄金色の髪をしていたという。

金髪のアラブ人？　この疑問がきっかけで興味を持った。

西暦七三〇年、預言者ムハンマドと同じ名門クライシュ族の父と、ベルベル人の母から生まれたアブドゥル・ラフマーン一世に、黄金色の髪はやはり無理がある。

一部の資料に見られるこの記述は、おそらくゴート人の血の入った七代後のアブドゥル・ラフマーン三世との混同であろう。

ともあれ、手に入る資料は少なかったが面白い英雄譚だったので、冒険アクションの物語にしてみようと思い立った。

すらりと優雅な長身に、くっきりとした眼と高い鼻梁《びりょう》、ウマイヤ家の象徴である白の衣服を纏《まと》って騎行する若き日のラフマーン一世。この物語の主人公であるアブドゥルの容姿に、当時シリアにあったイスラームの都、ダマスカスの娘たちがため息を漏らして恋い焦がれたというのも頷《うなず》けよう。

しかし、ウマイヤ朝第十代のカリフ、名君として知られたヒシャームにこよなく愛された孫、このアブドゥルの秀麗な容貌も、常に命の危険に晒《さら》され続ける五年の過酷な逃避行の末に、左眼は潰れ頰は削《そ》げ、かつての貴公子の面影は消え失せて、さながら猛禽《もうきん》を想わせる悽愴《せいそう》な顔つきに変貌してゆくこととなる。

目次

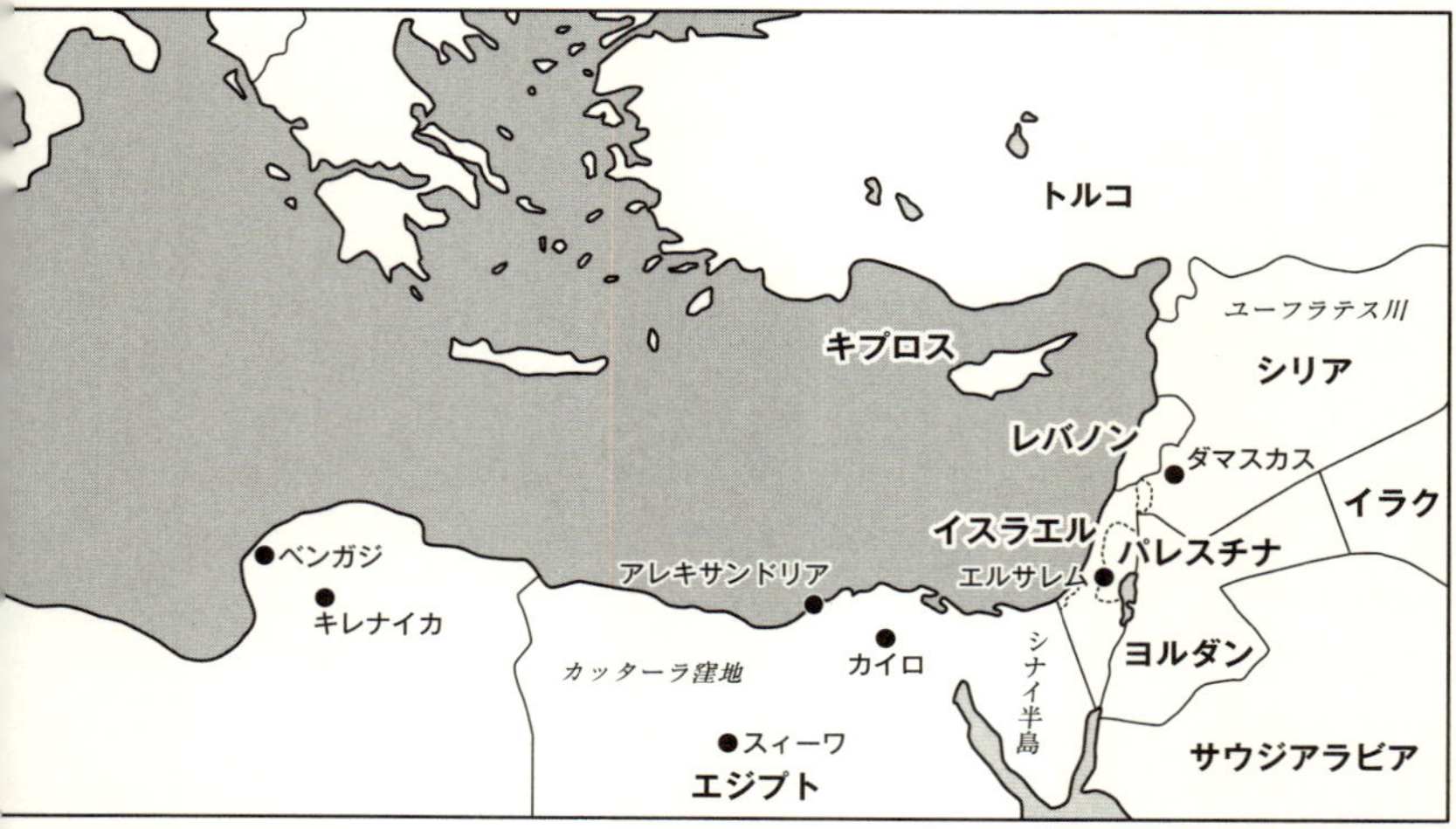

地中海地図

『クライシュの鷹』舞台となった地名

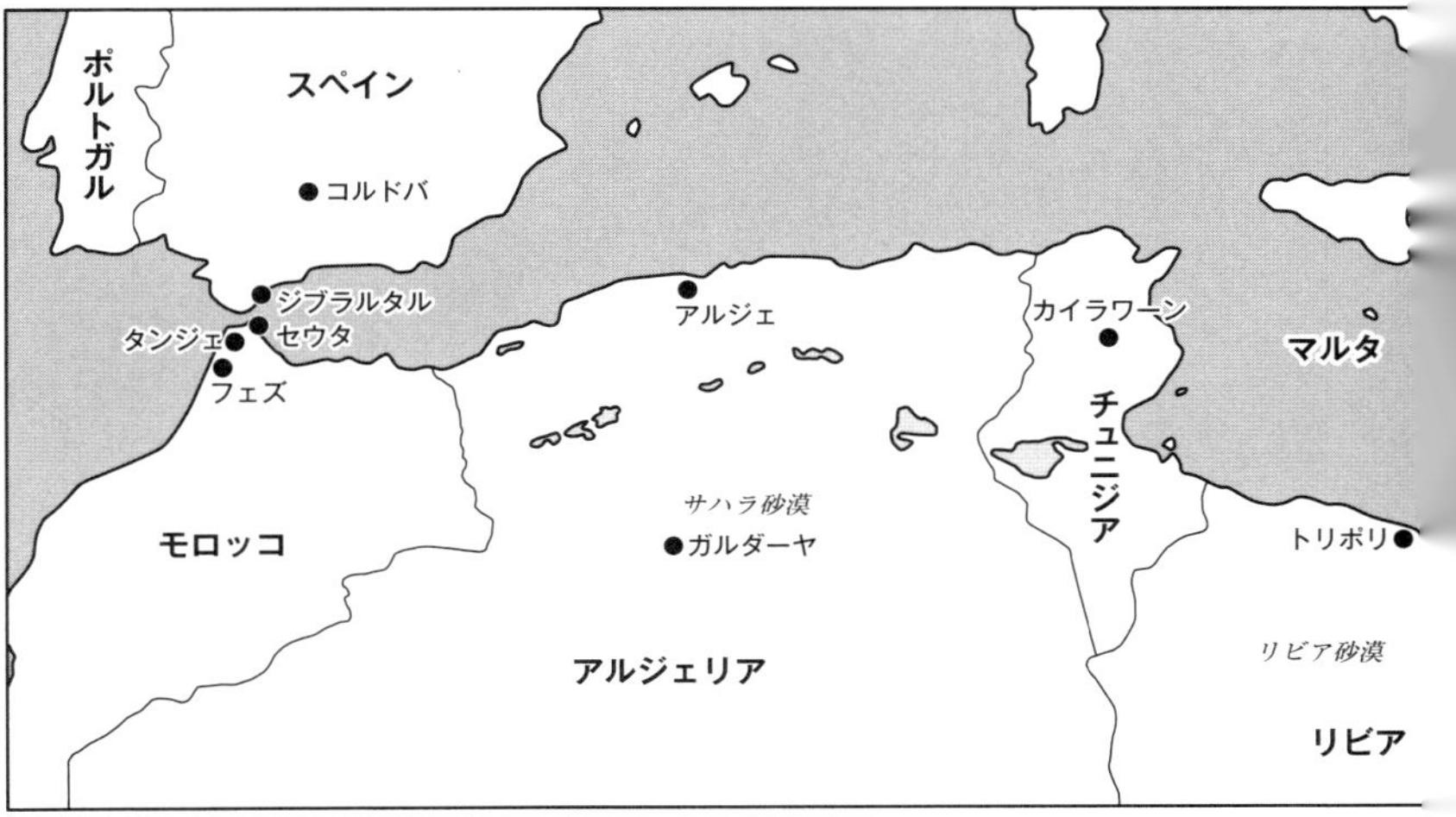
ポルトガル
スペイン
コルドバ
ジブラルタル
セウタ
タンジェ
フェズ
アルジェ
カイラワーン
マルタ
チュニジア
サハラ砂漠
ガルダーヤ
モロッコ
トリポリ
リビア砂漠
アルジェリア
リビア

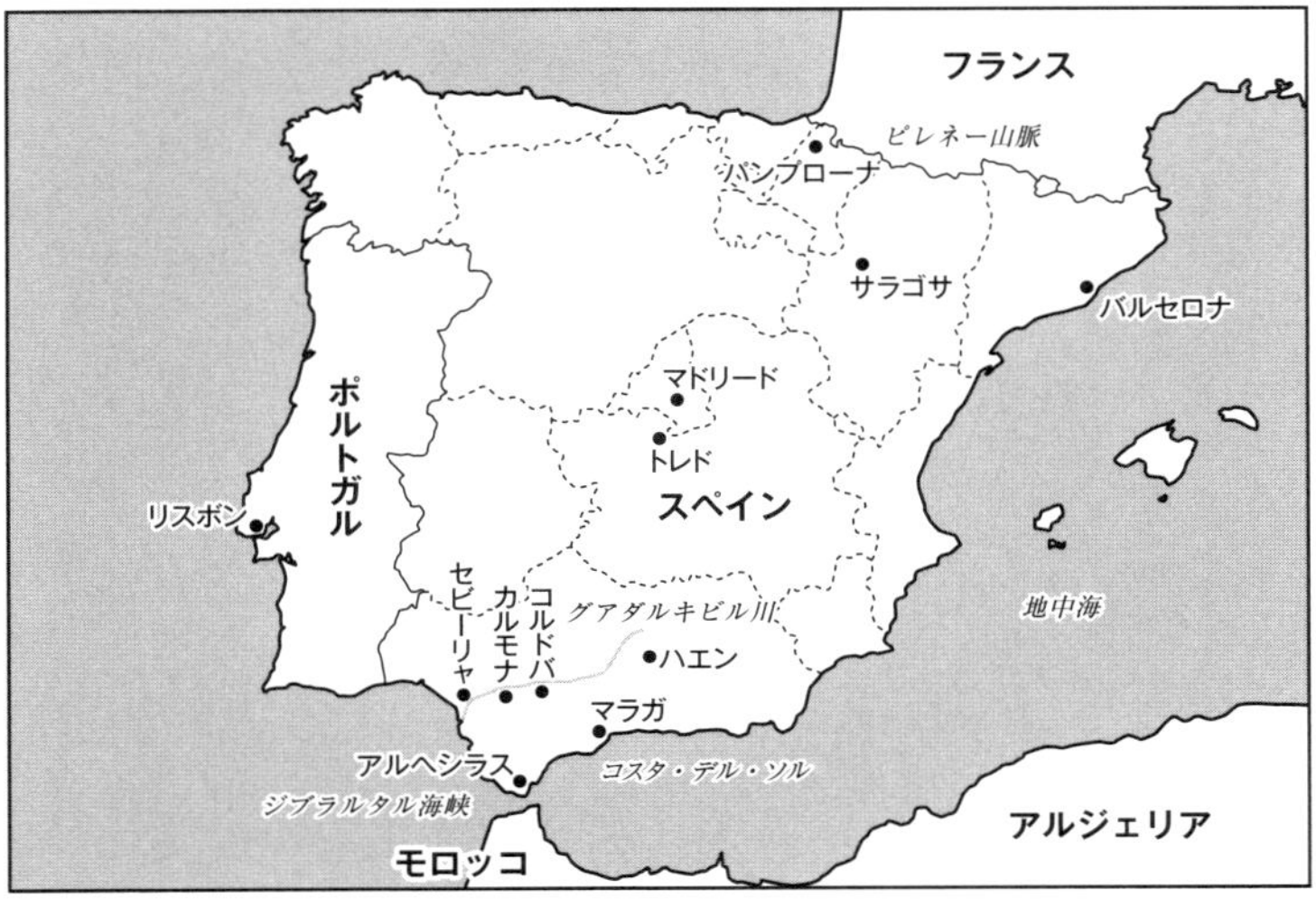
フランス
ピレネー山脈
パンプローナ
サラゴサ
バルセロナ
マドリード
トレド
ポルトガル
スペイン
リスボン
セビーリャ
カルモナ
コルドバ
グアダルキビル川
ハエン
地中海
マラガ
アルヘシラス
コスタ・デル・ソル
ジブラルタル海峡
アルジェリア
モロッコ

スペイン地図

第一章　砂漠の逃避行

1　血の粛清

その凄惨な事件はアブドゥルが二十歳の時に起こった。

史上名高い〝和睦の宴〟である。

いわゆるアッバース革命で、それまでのイスラームの支配者であったウマイヤ朝を滅ぼしたアッバース一門が、ウマイヤ家に連なる者を根絶やしにすべく謀《たくら》んだ騙《だま》し討ちであった。

共にアラブの名門であるクライシュ族の血を引くこのウマイヤ家とアッバース家の確執は古く、長年にわたった。

日本風に言えば、同じ源氏の流れである足利と新田といったところだ。

さて、すでに徹底した残党狩りによってウマイヤ家の復権は完全に絶たれていたところへ、

「もはや恨みは果たし終えた、同じクライシュの血を引く同胞よ、『アッラーの御名において』恩赦を与える」

この布告に、逃亡に疲れ果てた八十数名のウマイヤ家の男たちが、のこのことダマスカスの町に集まってきた。

宮殿内の大広間で盛大に酒宴が催されると、それまでの逃亡の鬱積が歓喜に転じて、踊り、歌い、さらにはあちこちで「インシャラー！（神の思《おぼ》し召しのままに）」の章句を唱えながら、

涙を流してアッバースの者に抱きつく者もいた。

アッバースの者の中には、優しく肩を撫《な》でてやりながら、皮肉な微笑を含んで「インシャラー」と、耳元で囁《ささや》く者もいたであろう。

突然扉が開いた。武装兵が乱入し、うろたえ逃げまどうウマイヤの男たちを悉《ことごと》く殺戮《さつりく》した。

その後、屍《しかばね》といまだ断末魔に蠢《うごめ》くウマイヤの男たちに皮の敷物をかぶせ、アッバースの一門はその上に座って〝勝利の宴〟を続けた。

呻《うめ》き声が漏れれば剣を突き刺し、もぞとでも動けば槍《やり》で貫き、剣と槍の林の中で、アッバースの男たちは勝利の美酒を呷《あお》った。


（アッバースの奴らが和睦なぞするか）

宴から二ヶ月、ダマスカスへは行かなかったアブドゥルは、ユーフラテス河畔の寒村に潜んでマグリブへ逃れる機会を窺《うかが》っていた。

アラブ人は東方をマシュリク、西方をマグリブと呼ぶ。陽の昇る地、沈む地である。

彼は最初から信じなかった。

宴の前、ウマイヤ家の残党狩りが盛んな頃、一緒にベドウィン（砂漠の民）に匿《かくま》われていた従兄弟《いとこ》は、密告されて捕まると右手と左足を斬り落とされて、ダマスカスの街中を息絶えるまで引きずり回された。

和睦などする甘い奴らではない。

この時アブドゥルは、糞尿《ふんにょう》の大桶《おおおけ》に身を潜めて脱出している。

四歳の息子スレイマンに十三歳の弟と妹が二人、それに代々アブドゥルたちの家に仕えている従僕二人と妹たちの侍女が一人。ここに集まった八人が息をひそめて旅立ちの日に備えていたある日、街へ行った侍女のサーリムが意外に早く戻ると、アブドゥルに「今朝街へ出た従僕の一人から、何かアッバースの動きについて知らせを受けましたか?」と問うた。

奴隷の母から私生児として生まれたが、六年前、十二歳で初潮の見えた時に妹たちの願いで母と共に奴隷の身分から解放され、そのまま妹たちに付いている女だ。

「いや、聞いてない」

「そうですか」

そのまま下がったが、様子を訝《いぶか》しんだアブドゥルは後を追った。

小屋の裏に回ったサーリムは、飼葉桶を洗っているくだんの従僕の男を見るとすたすたと歩み寄り、そのまま背後に回って後ろ腰に隠していたジャンビア(短刀)を抜くやいなや、身体ごとぶつかって男の背中に突き立てた。

止める間もなかった。あっと思って駆け寄った時には、喉を掻《か》き切っていた。

訳は、男が密告したからだと言う。

街で男を見かけたので声をかけようと追うと、人目に立たぬ場所でアッバースの役人と落ち合い、しばらく話し込んでいたという。

「サーリム、お前を信じよう」

ジャンビアを我が喉にかざしてアブドゥルの言葉を待っていたサーリムがひれ伏した。

すぐに皆を集めにやると、慌てて戻ってきた弟が「遠くで馬蹄《ばてい》の轟《とどろ》きが聞こえた」と告げた。

猶予はない、ふた手に分かれることにし、アブドゥルは弟だけを連れて西へ向かう。妹たちは一旦南方のベドウィンに身を寄せることにした。もう一人の従僕、バドルの縁に繋《つな》がる部族であった。

その日の夕刻、川沿いに逃げていたアブドゥルは、岸辺に舫《もや》ってある小舟を見つけることができた。

奪おうかとも思ったが、舟を操ったことがないのでやむなく金で持ち主と交渉すると、夜は危ないからと明朝渡してくれることになった。

剣を抱いたまま舟主の家で朝方までうとうととしていたが、微《かす》かに感じた馬蹄の響きに飛び起きた。

「起きろ！」弟を叩《たた》き起こして見渡すと、同じ屋内にいた船主一家の姿がない。

アブドゥルたちの寝入るのを見計らって抜け出したのだ。

役所へはおそらく、夜中に奴隷を走らせたのだろう。

外へ飛び出ると、音の聞こえる方向に幾筋かの黒旗（アッバース家の軍旗）が見えた。

隠れる場所もなく、二人は近くの果樹園まで逃げたところで包囲された。逃げ場はもう河しかないが、弟は泳いだことがなく、アブドゥルとて得手とはいえないがやむを得ない、二人して飛び込んだ。

ユーフラテスの河幅は広い、しかも服を着たままだ。泳ぐというよりあがくといった方が相応《ふさわ》しかろう。懸命に手足をばたつかせて、ようやく対岸に辿《たど》り着くことができた。ところが振り返って向こう岸を見ると、なんと弟は敵に捕らわれてしまっている。泳ぎきれぬと思い、引き返したのであろう。

アブドゥルがこちらを振り向くのを待っていたアッバース兵の一人が、ぐったりと地べたに横たわっていた弟の頭髪を鷲掴《わしづか》みにして持ち上げると、もう一人が首を斬り落とした。血飛沫《ちしぶき》を目にして身体が強張《こわば》ったまま動けないでいるアブドゥルに向かって、血刀を提げたアッバース兵が何か叫び、傍らでは頭髪を掴んだまま弟の首を振り回してゲラゲラ笑っている。舟が見えた。数人のアッバース兵が乗り込んでいる――

アブドゥルは走り去った。

2　異国の賢者

シリアから西へ五〇〇〇キロ。

アブドゥルは母の出身であるベルベル人が蟠踞《ばんきょ》するモロッコを目指した。

ベルベル人というのは北西アフリカに有史以前からおり、ヨーロッパでは彼らをムーア人と呼ぶが、バーバリアン（獰猛《どうもう》な野蛮人）の代名詞ともなった。

勇猛果敢、大軍を擁したアラブに征服されはしたが、部族単位では当時の地中海世界で最強の戦闘集団であった。

母はナフザ族の族長の娘であったが、祖父ヒシャームの政策によって父の三番目の妻としてダマスカスに迎えられた。

ベルベルは身内の絆を尊ぶ。

アブドゥルが身を託せる場所は五〇〇〇キロ先の彼方《かなた》にしかない。

絶えず追っ手に怯《おび》え、馬蹄の轟きや背後の足音に思わず身構えてしまう。

高額の懸賞金をかけられた身、出会う者皆を密告者かと疑い、顔色や目の動きに敏感にならざるを得ず、知らず知らずのうちに、生き延びるために不可欠の鋭敏な洞察力が身についてしまった。

夜はろくに眠れず、風の音にも震えるただ独りの逃避行。復讐《ふくしゅう》の一念だけが、孤独と絶望に張り裂けそうになる神経を支えた。

かっぱらいはもちろん、強盗もやった。ユーフラテス河へ飛び込んでから四ヶ月、ようやくパレスティナに入り、エルサレムでエジプトへ抜けるルートを探った。

しかしエジプトへの出入りは難しい。アッバースが完全に掌握している土地であるため検問も厳しいのだ。思いあぐねながら、何か情報を得ようと街の雑踏を歩いている時だった。背後から不意に幸運が現れた。

トプ（黒木綿の貫頭衣）を纏いヴェールをかぶった女が早足でアブドゥルに並び、追い抜きざまにちらりと手のひらを差し出すと、そこに見覚えのある〝ファーティマの手〟（女性用の魔除《よ》けの護符）があった。

ちなみにファーティマは預言者ムハンマドの第四女で、アラブ人は彼女をこの世で最も崇高な女性として敬愛している。

手形を紋様化してあり、さまざまな種類があるが、それはまさしく妹たちが身に付けていた紋様である。

女はすでに先を行く。用心して少し距離を置いて後を追った。

中心街から外れた安宿の門前まで来て、女は振り返った。

近づきながらヴェールの奥の眸《ひとみ》を確かめると、見覚えがある。

案内された宿の部屋に入って扉を閉めたとたん、女は跪《ひざまず》いた。

奥から現れた男が、はっと息を呑《の》み立ちすくむと、

「無事だったか、バドル、サーリム」

久方ぶりに、アブドゥルの顔から緊張の色がほぐれていった。

くしゃくしゃに泣き崩れながら、忠誠の誓いである足元への接吻《せっぷん》を行うバドルを、サーリムがひっぺがすようにして下がらせたが、ヴェールをとって覗《のぞ》かせた彼女の目も赤く腫れていた。

落ち着いてからようやく話を聞くことができた。

離れてから追っ手に見つかることはなかったが、ベドウィンの部族は転々と遊牧するためなかなか行方を掴めずに苦労したこと、刺し違える覚悟で族長に正体を明かしたこと、妹二人が部族の若者に嫁ぐことを条件に、スレイマンの身は「名誉にかけて」守るという誓いを取り付けたこと、二人の妹から持ち金すべてと宝石類を託され、モロッコへ逃れた兄たちを追って力になってくれるようにと懇願されたという。

その際にサーリムは、先の〝ファーティマの手〟を譲り受けた。

そして彼らもまた、エジプト入りの上手《うま》い手だてがなくて思案にくれ、このエルサレムの街をうろうろしていたという。

「こいつが」と、サーリムを指さし、「偶然にもアブドゥル様をお見かけできたとは、まさにアッラーのお導きですわい」

こう言うとバドルは、まだ涙の乾いていない顔をメッカの方角へ向けて拝礼した。

「サーリム、お前はどうして声をかけずにあんな真似をしたのだ?」

「はい、万が一私に尾行が付いていていたら、と思いまして」

「ふむ、しっかり者だなお前は」

アブドゥルの褒め言葉に、サーリムは上気した頬を隠すように頭を下げた。

翌日から街へ出ていろいろ探った上で、アブドゥルたちは思案の挙句、カーペットやタペストリーをエジプトへ運ぶキャラバン（隊商）の一行に紛れ込むことに決めた。

宝石の一部を売って綿花とラクダを仕入れ、口達者なバドルが商人になりすまし、旅は道連れ、エジプトまでキャラバンに加えてもらえるよう話をつけた。

アブドゥルとサーリムは従者というふれこみである。

ハディース（ムハンマドの言行録）にいう「大地は夜にこそ開けり」、ラクダは夜目が利くので、避暑のためキャラバンは大抵スィラーヤ（夜旅）である。

街道を外れれば砂漠。月下に広がる砂のうねりを眺めながら、ラクダの轡《くつわ》を引いての単調な旅が続いた。

どうやらバドルはサーリムを好いているようだが、それにしては態度が妙に硬い。

並んで歩みながら、世間話の間に振ってみた。

「なぁバドル、サーリムはいい娘じゃないか」

「ええまあ」喋《しゃべ》り好きのこの男が口ごもった。

「何だ、二人で旅してきたんだろうに、口説かなかったのか？」

バドルは一つ年上の同世代だし気心も知れている。諧謔《かいぎゃく》を含めて水を向けると、根がお喋りな男だけにぺらぺらと話しだした。

それによると、夫婦連れということで宿も一室に泊まっていたという。辛抱できなくなったある夜、力ずくでもと思いを固めて彼女のベッドへもぐり込んだら、首筋にジャンビアの冷たい感触がしてサーリムが囁いた。

「今度こんな真似をしたらお前のここを――」バドルの下腹部をポンと叩き、「ねじ切ってやる」こう言ったそうな。

「いやあ、あの女ならやりかねませんで」

頭をかきながら照れ笑いするバドルを見て、アブドゥルは星の降ってきそうな夜空へ向けて高らかに笑い声を放った。

大声で笑うのは何年ぶりだったろうか。

アッバース家の地盤は今日のイラクからイラン北部（ペルシャ）にかけての、シリアより東の勢力ではあったが、エジプトまでは完全にその影響下にある。

ウマイヤ朝最後のカリフであったマルワーン二世は、ザーブ河畔での最後の決戦に敗れた後、再起を図るべくエジプトまで逃れたものの、兵は集まらずアッバースの派遣したエジプト総督によって討たれている。

ちなみにこのマルワーン二世、戦闘指揮には優れ革新的な人物でもあった。

それまでの個人の武勇に頼るアラブの伝統的な戦闘法を、〝カラディース〟という三十人ほどの小集団での戦術に改め、アラブの征服事業を加速させたといわれる。

しかし政治的には「ロバのマルワーン」と陰口を叩かれたほどに頑迷で、マワーリーの処遇問題を誤り、ウマイヤ朝を滅ぼすことになった。

マワーリーとはアラブに征服されイスラーム教に改宗した土着の人々のことで、急速に膨張したイスラーム帝国は膨大なマウラー（非征服民、複数形がマワーリー）を抱えることとなったが、マルワーン二世は税制をはじめあらゆる面でアラブ至上主義を改めなかった。

聖戦（ジハード）と呼ぶ征服戦争の初期にはこれでも治まったが、数においてマワーリーがアラブ民族を遥《はる》かに上まわる時代になっては不満の声が高まるのは当然であった。

しかもイスラームの教えは、アッラーの下に人間は皆平等というのが建て前である。

特にペルシャは、遥かな時代から文化的にはアラビア半島の住民を見下してきた伝統がある。

反ウマイヤ家の気運が高まったところへ、イスラームの教えに法《のっと》るという美名をもって、アッバース家はこのペルシャ（主として東北部ホラーサーン）の勢力と結び、ウマイヤ家の天下を覆すことができたのである。

話を戻そう。

シナイ半島を越え、無事にエジプトに入ったアブドゥルたちは、キャラバンの一行と共に、都フスタートの近くあるフンドゥク（旅人宿）に泊まることになった。

フスタートは現在のカイロの南側に隣接し、アラブ人がエジプトを征服した時のミスル（軍営都市）で、アラブ人が各地に設けた征服地の拠点として、アレキサンドリアに代わる首都と定めた。

カイロはこれより約二〇〇年後、ファーティマ朝の時代にフスタートの北に造営され、カーヘラ（勝利者）のイタリア語読みがヨーロッパに広まったものだ。

また、フンドゥクはのちに規模が大きくなってサライとも呼ばれるようになるが、この時代にはまだそれほど大きな宿泊施設はない。

とはいえ、やはり人と物と情報のネットワーク、その結び目であった。

キャラバン隊は一泊しただけでフスタートへ行くというので、アブドゥルたちは荷をここへ置いておき、商売の相手を探すという名目でバドルだけが同行することにした。

バドルの目的はむろん、情報集めである。

二日後の昼下がりであった。音色といい、旋律といい、耳慣れない音楽が聞こえてきたので、手持ち無沙汰のアブドゥルが音のする庭へ出てみると、ナツメ椰子《やし》の木陰で一人の男がアルウード（ギターの原形）に似た楽器を奏でていた。

痩せた身体をトーガで包んでいるが、その衣は黄ばみ、端は少し擦り切れている。

古い時代のローマ人たちが着ていたトーガなど今どき珍しいが、もっと珍しいのはその顔だちであった、ローマ人とは似ても似つかない。

齢《よわい》は四十半ばあたりか、若くはないが老人と言うのは気の毒であろう。

「気に入ったかね」

曲を終えると、男は近くに腰を下ろして聴いていたアブドゥルに話しかけてきた。言葉の訛《なま》りも初めて聞くものだった。

「良い音色ですね」

「ピーヴァ（琵琶）っちゅうての、わしの国の楽器じゃ」

義甲《ぎこう》という、指に嵌《は》めた爪を巧みに動かして、妙《たえ》なる音色に乗せて説明する。

琵琶は元来、四弦を撥《ばち》で弾いて奏するものであったが、中国では唐代に入ると五弦のものや、指で弾いて、より玄妙な音楽を生み出す奏法も編み出されていた。

「ところで、見慣れない顔つきをしてらっしゃるが、どこから来られた？」

「東の国じゃよ」

「どうしてここに？」

「戦《いくさ》見物に出かけての、とっ捕まってしもうたんじゃい、ひょひょひょ」

奇妙な声で笑った。

「あぁ……」ユーフラテス河畔に潜んでいた頃に聞いた噂《うわさ》を思い出した。

「マシュリクで唐という国と大きな戦があったと聞きましたよ」

「それじゃ。タラスという河の辺りでの」

いきさつは端折《はしょ》るが、唐の西域総督ともいうべき安西節度使に任じられた高麗出身の武将、高仙芝が、パミール高原を越えてタシュケント（石国）を襲い、財宝を奪った上に王まで連れ去ったので、タシュケントの遺臣たちは建国間もないアッバース朝イスラーム帝国に援軍を求めた。

アッバース朝はこれに応え、ズィヤード・ブン・サーリフを将軍に大軍を派遣した。

ちなみに、アラブ人の名によくあるブン、ビン、イブン等というのは、「〜の息子」という意味で、アラブの伝統的な命名法である。

それはともかく、ズィヤード軍と高仙芝軍、というよりイスラームと中華帝国という二大文明圏は、西暦七五一年七月、天山山脈の西北、タラス河畔で初めて武力衝突した。

勝敗は唐側のトルコ系軍団の裏切りによってイスラーム軍の大勝利となった。

この時、多数の捕虜がイスラーム世界に連れて行かれたが、その中に紙を漉《す》く職人たちがいたことによって、製紙法がイスラームからヨーロッパにまで伝播《でんぱ》したことはつとに知られている。

「あなたもその中に？」

「そうじゃ。ところでアブドゥル・ラフマーン・ブン・ムアーウィアよ」

男は、驚愕《きょうがく》すべきその名を、旧知に話しかける口調でさりげなく呼びかけた。

背筋を稲妻が走り抜け、驚きと同時に思わず飛び下がった時、アブドゥルの手は剣にかかっていた。

「ひょほほほ、カマをかけてみたんじゃよ、見事に引っ掛かったのう」

「お前、何者だ」

「わしゃ方士じゃ、名は杜環《とかん》」やおら立ち上がると、

「よい葉がある、水パイプでもどうじゃ？」

当時はむろん、北アフリカに〝煙草〟の葉はない。パイプも今日に伝わるものよりずっと簡素な作りであったという。

杜環が取り出したのは芥子《けし》の一種のナガミー。それもペルシャ産の最高級の葉で、おいそれと手に入る代物ではない。

懐かしい味に、ますますこの奇妙な男に興味が湧く。

「やはり高貴な生まれじゃな、その味が判《わか》るか」様子を観ながら杜環は言う。

密告するなら呼びかけはすまい。油断はできないが警戒心が少しほぐれると好奇心が勝り、アブドゥルはこの杜環と名乗る男の部屋で夜更けまで話し込んでしまった。

杜環の家は唐の名門で、一族の中からのちに宰相の杜佑《とゆう》が出、次世代には詩人の杜牧《とぼく》を輩出している。

好奇心の塊のような男で、若い頃から方術に懲り、方々を流浪しながら学んだ。

かねがね西域にも興味があったので、伝手《つて》を頼って唐将・高仙芝の書記官として従軍し、戦に巻き込まれてしまったのだ。

「高の馬鹿たれが、真っ先にとんずらこきよったもんで往生したわい。しかし〝万事塞翁が

馬〟とはよく言ったもんじゃ」

「何ですかそれは？」

「運不運はどう転ぶか判らんっちゅうことさ」

サマルカンドに集められた捕虜たちの中でも、医術の心得のあった杜環はイスラーム軍の将兵たちに重宝されたという。

「先ほど言われた方士とは、医者のことでしたか」

「うんにゃ違う、まぁ一言でいえば不老不死を求める者のことじゃ」

アブドゥルは少し面喰らった。

人間は生まれて老いて死んで行く、この自然の摂理を素直に受け入れているアラブ人にとって、そういうことを考える人間がいること自体が不思議であった。

次いでそら恐ろしくなった。

（老いず、死なず……アッラーそのものではないか）

「本気でできると思いますか」

「わからん、おそらくできんじゃろう」

しかし不老不死を求めるということは、生命の神秘を探究することであり、そのため方士たちはあらゆる学術を発展させてきた。

医術はもちろん、本草（薬学）、錬丹（冶金《やきん》）、占星（天文）、風水（地質）、さらには気功、閨房術《けいぼう》といった健康法から、祈禱《きとう》や夢判断などの心理学までさまざまである。つまり科学であった。

さらに方士たちは知識を求めて地の涯《はて》までも赴く。方士という呼び名もそういったところから付けられたものか。

明晰《めいせき》な頭脳と旺盛な好奇心を持つ杜環ではあったが、貴族の子弟が方士となって放浪するなど普通ではあり得ない。よほどの変わり種と言えよう。

「なるほど、東方のウラマーですね」

アラビア語のウラマーは学識者をいうが、宗教的・哲学的な意味合いが強い。

今でいう科学者をもって任ずる杜環には、少しひっかかる言いようではあったが、

(まあ、どちらも煎じ詰めれば似たようなもんか) こだわりはしない。

「しかし、戦からそれほど日もたってないのに、どうしてここまで?」

「それよ」杜環はにやっと笑って話しだした。

「アラブ人の医者の中にホラーサーン出のジャービルっちゅう男がおっての、なかなか見どころのありそうな奴なんでいろいろ教えてやったんじゃが、こいつが錬丹の方に凝っておったんでそっちの方も教えてやったら、すっかりわしに心服しよった」

えへん、とでも言いたげに胸を反らしながら杜環は続ける。

このジャビールこそ、後世錬金術の祖と呼ばれることになる若者であった。

「ほいでそのジャービルを使うて、将軍連中に唐随一の名医じゃと吹聴させたらさっそくお呼びがかかってのう、そうなりゃもうこっちのもんじゃい」

アッバースの将軍たちにうまく取り入った杜環は、さっそく房中、回春の術を教え込んだという。

そして〝春《しゅん》衈《じゃん》膠《こう》〟なる淫薬を作る草を求めにさらに西への旅を願い出たら、すぐに多額の金と各地の総督たちへの通達状まで持たせて送り出したそうな。

「わはははは、なぁに嘘《うそ》っぱちなんじゃが、アラブ人も好きじゃのう」

「はっはっはっ」アブドゥルも釣られて笑いだした。

「ほんでまぁ、西の国々を見て回りたいっちゅうわしの願いが叶《かな》ったわけじゃ。人の世は先が見えんから面白いわい、のう」

話すうち、投宿したキャラバンのなかで、たまたまアブドゥルたちの一行が目に留まったという。

杜環の好奇心と方士の洞察力は、旅の商人の従者にしては人品骨柄にただならぬものをアブドゥルに感じ、それとなく見ているうち、バドルやサーリムの態度にも訝しく思わせるものがあった。

「もしやと思い、誘うつもりで琵琶を奏でてみたら、見事に釣り上げたというわけさ」

「で、釣った魚をどうされるおつもりでしょう」

「わしゃただの物好きじゃで食う気はない、金も権勢もめんどくさいでな。そうじゃのう……河へ放して泳ぎっぷりを楽しむのが一興かな」……ぷかりと煙を吐き出した。


「とんでもない！」バドルが猛反対したのも当然である。

「こんな得体の知れない奴を連れてくなんて、アブドゥル様、何考えてんですか!!」

「おい、バドルよ」呼んだのは杜環であった。

「気安く呼ぶな！」

「まあ、そうかっかせんと、ほれ、これ見てみぃ」

布袋から杜環が取り出したものは、羊皮を巻いた通達状であった。

「お前、字は読めるか？」

「うるさいよ」

「ほうか。これはの、アッバースのお偉い将軍様から、キレナイカにいる親類のこれまたお偉い役人に宛てたもんでの、このわしをよろしく頼むと書いてあるんじゃ」

キレナイカはエジプトの西隣にある現リビアの東部地区であり、エジプトを抜ければどうしても通らなくてはならぬ地であった。

バドルとサーリムが同時に振り向くと、アブドゥルはゆっくり頷いた。

「わしゃいろいろ役に立つぞ、旅は道連れといこうかい」

翌日、一行は宿を出た。

綿花を積んだ二頭のラクダをバドル、アブドゥルの順に曳《ひ》き、その後ろをロバに乗った杜環が続き、最後尾をサーリムもラクダを曳いて行く。

時折杜環が振り向くと、サーリムと目が合った。

「おいおい、そう怖い目で睨《にら》みなさんな」

こう言うと、サーリムはぷいと目を逸《そ》らす。

（忠義に見張り番のつもりかい、可愛い顔して気の強い娘じゃ）

ロバに揺られながら、一人で含み笑いを漏らした。

3　気狂いアリー

フスタートでは少しの間逗留《とうりゅう》しながら、次に行く予定の古都アレキサンドリアや、キレナイカへ続く海岸線、あるいは砂漠地帯のルートについて情報を集めた。

怪しまれてもまずいので、フスタートでは少しずつ荷を捌《さば》いて商売の真似をしながら、次の旅の用意をしていたある日、まずい事件が起こった。

土地の若者がアラブ人の徴税官を白昼往来で刺殺し逃走したため、すぐ街道に兵が配され検問が厳しくなってしまったのだ。

ほとぼりが冷めるまで、もうしばらくフスタートに留まるしかなかった。

バドルが聞き込んだところによると、根は土地のヤクザ同士の抗争であるらしい。殺された役人は賄賂をとって敵対するグループの締め付けをやったので恨みを買い、今でいう鉄砲玉にやられてしまったわけだ。

もっとも証拠などないから、噂だけでは唆《そそのか》した親分を捕まえるわけにはゆかないが、実行犯だけは絶対に捕まえて見せしめの処刑をせねば、征服者であるアラブの面目が立たない。おそらくまだフスタートの市街に潜伏していると思われ、多額の懸賞金もかけて血眼になって捜し回っているという。

九、十世紀頃から、アラブ社会の都市部にはアイヤールと呼ばれる仁侠《にんきょう》無頼《ぶらい》の集団が現れるが、要は裏社会を牛耳るヤクザ、暴力団のことで、この当時にはまだそういう名称はなかったが、こういった連中はいつの時代のどこにでもいる。

「それにしても白昼、人の行き交う往来の真ん中でやるとは大胆な奴じゃ。ムルッワつうもんか?」杜環はすぐに興味を持った。

「いんや、フトゥッワだね」したり顔でバドルが応じた。

ムルッワは男らしさを言い表す表現で、勇敢さだけでなく命を懸けても約束を守る誠実さや金銭に執着しない気前の良さといった徳目も含むが、フトゥッワは若者らしい威勢のよさ、思い切りのいい爆発的な行動を言う。

「何でも、正面から突っ込んだって話だ」バドルが続ける。

アリーという若者で、その過激さから仲間内ではアリー・アル・マジュヌーン（気狂いアリー）の異名で知られているそうな。

「ふ～ん、目立ちたがり屋の阿呆《あほ》かい」

杜環はそう言ったが、アブドゥルは自己顕示欲の強い粗暴な男、とは少し違う印象を持った。

相手が最も油断する時と所を選んだのではあるまいか。

「殺《や》らせたのはカシムっていう土地の親分なんですがね」

ここでバドルは声を細め、

「何でも前々からアリーの女を狙ってたらしく、事件のあった夜にはもう女を自分のものにしたって噂ですよ」

「悪《わる》じゃのう、邪魔者を二人同時に消しちまうたあ〝一箭双雕《いっせんそうちょう》〟じゃがな」

「何だって？」

「わしの国の諺《ことわざ》よ、一本の矢で二羽も鳥を捕っちまうってこった。しかしお前、よう聞き込んできたのう」杜環は感心した。

バドルはこういう市井の情報集めに妙に長けている。

ところが、この事件が一行にとって単なる世間話では済まなくなってしまった。

数日後の夕刻、アブドゥルたちがスーク（市場）にある店で飯を食っていると、奥の席で酒を飲んでいる人相の悪い二人の男が目に留まった。

言うまでもなくイスラームの教えは飲酒を禁じているが、エジプトではわりあい緩やかであり、店の方もムスリム（イスラーム教徒）以外のユダヤ教徒やキリスト教徒も多く出入りするので酒を置いている。

雰囲気で、ほかの客たちが敬遠しているのが判る。

亭主に聞くとカシムの手下で、タチの悪い連中らしい。

それとなく見ていると、しばらくしてインド風のターバンを巻いた男が入ってきて、彼らと少し話した後、金と引き換えに大事そうに小袋を手渡すと、すぐに店を出た。

続いて片方の男が店を出ようとした時、アブドゥルが小声で囁いた。

「バドル、奴の後をつけろ。そう……月が天辺《てっぺん》に来るまでここで待っている」

よく判らないままバドルはこくりと頷き、少し間を置いて出て行った。

「どした、何か気になるのか？」ほろ酔い加減の杜環。

「ええ、まあ」アブドゥル自身にも答えようがなかった。

勘が働いたというか、大げさに言えば運命ということになるだろう。

「ふ～ん、しかしあんまり遅いとサーリムが心配するぞ」

むろんサーリムは女だからこういう店に同席はできない、宿で待っている。

「ところでお前さん、どうしてあの娘を抱いてやらんのじゃ。お前さんに惚《ほ》れとるこたぁ判っとろうがい」

――すぐには答えなかった。木製のカップを手のひらに転がしながら言葉を択《えら》んだ。

「右手に持っているわけじゃありませんよ」奴隷ではないという意味だ。

「ほんじゃったら妻にすりゃよかろうが」

アブドゥルの眼がうっすらと悋気をはらむ。

「メッカに巡礼もできぬ身で、妻など迎えられますか」

「こりゃまた、堅っ苦しい男じゃのう、ひょっひょひょ」陽気に笑って杜環は酒を呷った。

二時間ほどすると、バドルが少し強張った顔つきで戻った。

男は食い物を買い込んだ後、二ミール（約四キロ）ほど南の川べりにある小麦か何かの倉庫らしき小屋に入っていったという。

「こりゃあ隠れ家に使ってるなと踏んだですよ。で、俺ぁ気付かれないよう注意しながら覗いてみたんすよ、そしたら」

バドルはアブドゥルと杜環にぐっと顔を寄せ、声を落として続けた。

「よく見えんかったけど、案の定、もう一人若い男の声が聞こえましたよ。ありゃもしかしたら……」

「例のアリーか！」

「しっ、声がでかいぜ、おっさん」

「ほっとけ、地声じゃ」

二人のやりとりを遮るようにアブドゥルが立ち上がった。

「案内しろ」

「あの小袋……そうか毒じゃな。ふっふっ、どうやら絵図が見えてきたようじゃのう」

夜の街路を三人は早足で進み、しばらくして川沿いに出ると、バドルの言ったとおりの小屋が月明かりにぼんやりと浮かんで見えた。

灯《あか》りはなかった。気取られるとまずいので、三人は息を殺して近寄り、中の様子を窺った。

「……」何か、微かな呻き声のような音が聞こえる。

猶予はないと思ったアブドゥルは、バドルと二人で扉に体当たりしてぶち破り、屋内へ踏み込んだ。

暗い室内に、倒れている人影がわずかに見えた。少し痙攣《けいれん》を起こしている。

すぐに駆け寄ったアブドゥルが抱き起こしてみると、口の周りが汚れており、床にはまだ食べたばかりと思われる汚物が散らばっていた。

自分自身でかなり吐き出したのだろう。

小屋から連れ出すと三人がかりで宿まで担ぎ込み、どんな毒かは判らないが取りあえず杜環が手持ちの薬を飲ませた。

二日間は意識がなく、口を利けるようになったのは四日たってからだった。

寝台に寝たままの男の枕元に椅子を寄せ、杜環が救出の顚末《てんまつ》を語るのを黙って聞いていたが、アブドゥルたちが誰なのか、なぜ助けたのか尋ねようともせず、

「俺の剣はどうした？」いきなり言った。

「そんなヒマなんぞあるかい、それより礼の一つでも……」

「身体がよくなれば――」

憤慨する杜環を遮り、後ろに立っていたアブドゥルが手にした剣を抜いて、男の目の前にかざして見せた。

「――こいつを貸してやろう」

やや細身の双刃の直刀、その、水面の波紋の如き光芒《こうぼう》に男は息を呑んだ。

「ほほ～、これがダマスカス鋼っちゅうやつかい」

杜環も初めて見る代物であった。

ウマイヤ朝の初期、征服地のインドから秀《すぐ》れた冶金技術者たちを都のダマスカスに連れてきて作らせた地金をダマスカス鋼といい、これで鍛造した刀剣の鋭利さはつとに知られている。後世、十字軍の兵士たちが争って求め、いかなる宝玉よりもダマスカス鋼の刀槍《とうそう》こそが最高の戦利品とされた。

「あんた、いったい誰だ？」

ようやく最初に発すべき言葉を口にした。

「アブドゥル・ラフマーン」

「なにぃ！」さすがに男は驚き、まじまじとアブドゥルの顔を見つめた。

「でも……どうして俺なんかに正体を明かすんだ？」

「お前、嘘が嫌いだろ」

アブドゥルの眼を見返して男が応えた。

「ああ、嫌いだ」

「それにのう、お前、アリーじゃろ？　たれ込む心配もないでのう」

杜環のおどけた調子にアリーも苦笑し、空気が少し和んだ。

マイシル（博打《ばくち》）の借金の精算で殺しを引き受けたという。

カシムの手引きでしばらく身を潜め、ほとぼりがさめたら女と一緒に舟でナイル川を南へ下る算段がしてあった。ところがカシムは女を横取りした上に、口封じにアリーを殺し、ついでに懸賞金もせしめる腹であったろう。

腕の立つアリーを仕留めるために毒を使ったのだろうが、

「お前、カシムって奴をそんなに信用しとったんかい」

あきれた口調で言う杜環に、

「いや、用心はしていたんだが……俺に何かあれば、女が役人の所へ駆け込む手はずになっていた」

「お前の女はカシムが寝奪《ねと》ったぞい」

「だろうな」アリーの眼が酷薄な半眼へ移った。

「毒は水瓶でも水壺《みずつぼ》でもなく花瓶に入ってた。俺が寝る前に必ず花瓶の水を飲むことを知っているのは、あの女だけだ」

「ありゃりゃ～～、お前、女にも裏切られたんかい」

アリーはむすっとしてそっぽを向いたが、杜環は続けた。

「ほいで次の日の朝、死体を役所へ運んでがっぽりっちゅう寸法だったわけか、わしらに感謝せいよ……ああ、ところでアリーよ」

「何だよ」響きは、うるせえと怒鳴っている。

「お前、役人を殺るとき真っ昼間に正面から突っ込んだっていうが、どうしてそんな素っ頓狂な真似をしたんじゃい？」

「どうしてって別に……そうしたかったからさ」

計算の上ではなく、直感が最善手を示したのであろう。そして躊躇《ためら》いなく実行した――

「面白い奴っちゃのう」杜環はカラカラと笑った。

「ところであんた」アリーがアブドゥルに呼びかけた。

「あんたこそ、どうして俺を助ける気になったんだ？」

「別に、そうしたかったからさ」

そう応えると、燭台《しょくだい》の灯りを揺らさぬよう、アブドゥルは静かに部屋を立ち去った。

病人がいるらしいという噂が近所に立っていることを、バドルが聞きつけてきた。

この宿に居続けるのはまずい、といってまだ満足に動けないアリーを連れてフスタートの街を転々としては、役人はまだしもいつカシムの耳に届くかもしれない。

というわけで、思いきってフスタートを出ることに決めた。

アブドゥルたち一行はともかく、アリーは人相や特徴が検問の兵士たちに伝えられているので工夫がいる。

そこで牛の革袋に押し込むことにした。

革袋に牛や羊の乳を入れたままラクダで運び、ゆっくり撹拌《かくはん》させてチーズを作るのは古くからのキャラバンたちの知恵であった。

「うっわ、俺までチーズになっちまうぜ」

四肢を屈《かが》め、乳まみれになった袋の中で顔を顰《しか》めるアリーを見下ろしながら、

「チーズは喋らないわ」サーリムが無情に袋を閉じた。

アレキサンドリアに向かうキャラバン隊に同行して、一行は特に咎《とが》められることもなくフスタートを後にすることができた。

フスタートとアレキサンドリアの中間にタンターという街があり、古くからの商業地で、ア

ブドゥルたちはここに逗留した。

一ヶ月後、敏捷《びんしょう》な身体と精悍《せいかん》な顔つきを取り戻したアリーが、暁の薄暗闇でダマスカス剣を振るっているところへ杜環が現れた。

少し見物していると、武技には素人ながら無駄のない動きが発する機能美を感じさせた。

瞠目《どうもく》しながら杜環が声をかけた。

「ほぉぉ、お前、誰に剣を習った？」

一息、深く呼吸してから振り向いたアリーが言う。「死に神さ」

「キザな奴っちゃのう、しかし独学にしては理にかなっとるわ」

フスタートの貧民窟の孤児上がりのアリーにとって、剣は生活であった。

「天稟《てんぴん》もあろうが、なるほど、場数か」納得したふうで、

「ところでアリー、お前、齢《とし》は幾つだ？」

「知るかい、二十を二つか三つ越えたぐれえかな。それより、フスタートは検問が解かれたってな」

「ほいな、行くか？」

「ああ、借りは返す、必ず」

その朝、飯を終えるとアリーがアブドゥルに向かって言った。

「こいつを借りてくぜ」腰の剣をさすった。

アブドゥルの剣がアリーの腰にあるのを見て驚いたのはバドルだ。

「ちょ、ちょっと待ってください！　何だってこいつがアブドゥル様の剣を？　それに、借りてくってそんな、そのままトンズラされたらどうすんですかあ!!」

「いいんだ」

「いいってったって」

さらに喚《わめ》こうとするバドルを眼で抑え、アリーに向き直った。

「で、どうやって殺る気だ？」

「んなこたぁ、行ってみなくちゃ判らねえよ」

「馬鹿かおめえは！」バドルがまた喚いた。


結局、アブドゥルが命じてバドルが付いて行くことになった。

アリーは邪魔だと断ったが、なら剣を返せと言われれば仕方がない。仏頂面のバドルと二人、用意してやった馬でフスタートに向かわせた。

なぜこうまで肩入れするのか、アブドゥル自身にもよく判らない。

仲間に引き入れるつもりなどはないし、なる男でもあるまい。

同じ追われる身に同情したわけでもなく、そんな余裕など有るべくもない。

（俺とあいつ、金貨の表裏か……）

などとも感じたりするが、どうも判らない。

しいて言えば、成り行き、ということか。

人と人との繋がりは、えてしてそういうものであろう。

街に入ると例の飯屋の近くに宿をとり、アリーは外へは出ず、バドルが飯屋に張り込んでカシムの手下が現れるのを待つことにした。

この辺りにはアリーの顔を知る者もいるので長居は危険であったが、最初の晩に奴らが来たのは幸運だった。

そっと店を出たバドルがアリーを呼びに戻り、二人は引き返して、店の入り口が見える路地に身を潜めて待った。

「三人いる。お前に毒を盛った野郎も来てるぞ」

「あいつか、カシムの腰巾着だ」

今にも飛び出しそうなアリーの様子に、

「おい、分かってるな、女の居所を吐かせなきゃならねぇんだ」

バドルが念を押した。

カシムは何人かの女をそれぞれ別の場所に囲って通っている。

女の所なら手下も多くは連れていない、そこを襲う算段だ。

ずいぶん待ったが、三人がようやく出てきて二方に分かれると、バドルとアリーは少し間をあけて一人になった男の後を付けた。

しばらく行くと、男はカシムの普段の根城である賭場へ戻る気だと気付き、先回りして、人通りのない道の建物の隙間に隠れて待った。

男がやって来るといきなり飛び出して前後から短剣を突きつけ、有無を言わさず引っ張り込むと、地べたに座らせ、バドルが手早く後ろ手に縛った。

訳が判らず、不安げに闇を透かして見る男の前に、ぼうっと灯りに照らされたアリーの顔が現れ、その顔が言った。

「おめえだったか、ちょうどいい」

「ア、アリー！」毒を盛ったくだんの男は、驚きで少し声が上ずった。

「おい、カシムが今気に入ってるのは、俺の女か？」

「そ、そうだ」

「どこに囲ってる？」

「そいつぁ……知らねえ」

「ふん、おめえが知らねえわきゃねえ」

鼻をつまんで口を開かせると、布を押し込んで声を出せなくしておき、アリーは両手の親指と人指し指を男の耳朶《じだ》にかけ、むしり取った。

激しく身悶《みもだ》えする男の、血が滴る耳に口を寄せ、アリーは囁いた。

「俺の渾名《あだな》を知ってるな、どんなことをしても吐かせるぜ」

しばらく落ち着かせてから、口から布を取り出してやった。

「はぁ、はぁ……喋った後、殺さねえと誓うか」

「俺に毒を飲ませやがったくせに、虫のいい野郎だ」

「どうなんだよ！」

「わかった、慈悲深く慈悲あまねきアッラーの御名において、おめえを殺さねえ」

少し疑《うたぐ》る様子であったが、アリーがもう片方の耳に手を伸ばすと、結局男は白状した。

白状するやアリーは目配せし、すかさずバドルが首に紐《ひも》を回して縊《くび》り殺した。

崩れ落ちた男を見つめるバドルにアリーが声をかけた。

「ん、どうした？　震えてるじゃねえか」

「人殺しは、初めてだ……」

「けっ、肝っ玉の小せえ野郎だ」

「お前とは違うんだよ！　で、どうする、今夜やるのか」

「ああ、これから行くぜ」

少し北に行った新しい街区だった。

この夜のアリーはツイている、カシムは今夜も来ていた。

扉に用心棒代わりの手下が二人いるので判る。

バドルが酔ったふりをして近づき注意を引き付けると、ジャンビアを手に背後から忍び寄ったアリーが、口を封じながら一突きで正確に心臓を貫いて倒し、残った男が振り返って驚いた時には、抜き放った剣が首筋にぴたりと張り付いていた。手練の早業である。

バドルが後ろ手に縛ると、脅して中のカシムを呼ばせた。

しばらくして扉が開く。どんとぶつかりながら疾風の速さで飛び込むアリー——

バドルが男の喉を掻き切って中へ入ると、半裸の男が胸から血を流して仰向けに倒れている。奥の部屋で物音がして、アリーが血刀を提げて出てきた。女の始末をつけたのだろう。

「こいつがカシムか」

「そうだ」

「よし、そんじゃ早いとこ持ち金をいただいて……おい、何してる?」

バドルの言葉をよそに、アリーは異様な行動に出た。

カシムの死骸に屈み込むと、胸を切り裂いて心臓を引きずり出すや、ダン！　ダン！　ダン！　と、踏み潰したのだ。

（マジュヌーンめ）胸糞《むなくそ》が悪くなると同時に呆《あき》れ返った。

ともあれ、朝陽が昇る頃にはフスタートを後にし、二人はアブドゥルたちの待つタンターへの街道を急いでいた。

4　水蓮の髪飾り

日数を重ねて陸路を行くよりも海を行く方が得策と考え、地中海を船旅で西へ向かうべく五人は、古都アレキサンドリアに向かった。

今度もバドルは猛反対したが、なぜかくっついてくるアリーを、アブドゥルは何も言わずに一行に加えてしまった。

「お前、どういうつもりで付いてきやがんだ?」

「一人ぐれえ増えたっていいじゃねえか」

「よくない！　だいいち、俺はお前が嫌いだ」

「仲良くしてくれって頼んだ覚えはねえぜ」

「そういう態度が嫌いなんだよ！」

二人のやりとりを後ろで聞いていた杜環が、

「おい、気が合うのう、お二人さん」

とからかえば、バドルは目を剝いて怒りだす。

サーリムはツンとした態度で、時折油断のならない目でアリーを見やった。

四日ほどで一行はアレキサンドリアに着いた。

港を見下ろす丘から地中海を見渡した時、杜環以外の初めて海を見る四人は、揃《そろ》って感嘆のため息を漏らした。

「アブドゥルよ、この海の向こうにローマがある」

杜環が指さす彼方に大海原が広がる。

かつてのローマ帝国の繁栄は、アラブ人たちだけでなく地中海世界の人々共通の憧憬でもあった。

「もっとも、わしらが行くのはベンガジじゃがな」

ベンガジまで、普通の帆船で行けば四、五日の航海である。

「ほれ、あそこにでかい船が見えるじゃろ、あれに乗って行くんじゃ」

好奇心の固まりである杜環が目を輝かせ上機嫌で指さす方向に、一艘《そう》のガレー船が見えた。

四角帆はまだ張られていないが、オールがずらりと並び、船上船外で立ち働く人々が豆粒のようで、他の船々を圧倒するその巨大な姿はまさに偉容と言えた。

フェニキア、ギリシャの時代からの軍船で、大型帆船の登場する十六世紀まで、このガレー船が地中海の覇権を担うことになる。

「ちょっと待てよ、ありゃあ戦《いくさ》用の船だろ、アッバースの兵士たちがうじゃうじゃいるんじゃないのか?」

バドルならずとも不安になろう。

「ほいな」

「ほいな、って、あのなおっさん！　俺たちがどういう——」

「ええい、うるさい奴っちゃのう、正体がばれんけりゃええじゃろが、海賊に出っくわす心配もないでのう」

確かに、地中海交易は遥かな昔より海賊の歴史とも言える。

「海賊どもとハナシをつけてある商船だってあるだろうに」

「そんなのは自分たちの積み荷で満杯じゃ、乗せてくれるもんかい」

「当たってみなきゃ……」

「少し、考えよう」

眼前に広がる海を眺めながら、アブドゥルが二人の会話を遮った。

その夜、フンドゥクの一室で遅い夕食をとりながら、またまた杜環とバドルが言い争った。

「この紹介状があれば疑われる心配はない。お前たちはわしの従者っちゅうことでの」

「そんなこと言って、本当んとこは自分があのガレー船に乗ってみたいだけなんだろ、ガキじゃあるまいし」

「うるさいわい、方士ってのはそういうもんなんじゃ」

「ふん、アッバースの連中の中にゃアブドゥル様の顔を知ってる奴もいるんだぞ。万が一ってこともある」

「海賊に身ぐるみ剥がされてもいいのか？　それに普通の交易船じゃ難破の危険だってあるじゃろが」

「アッラーフアクバル！（アッラーは偉大なり）、アッラーがお守りくださる」

「阿呆か！」

「阿呆とは何だ!!　おい、ちょっと待てサーリム」

「ああっ！　まだ残っとるぞい」

次第に激昂《げっこう》し始めた二人を止めようとアブドゥルが目配せして、それまでかいがいしく給仕していたサーリムに、まだ食べ終えていない二人の皿をさっさと片付けさせてしまった。

閉口した二人に、それまで黙って聞いていたアブドゥルが、水の入ったカップを手のひらで転がしながら静かに口を開いた。

「どこにいようと何をしようと狙われている身だ、時は短い方がよいだろう」

つまり、ガレー船での航海に決まった。

アリーはベッドに背をもたせかけ、窓の外を見ながら自分には関係ない話のように葡萄酒《ぶどうしゅ》を呷っていた。

翌日、杜環はバドルを連れて街の監督官のいる役所へ乗船を申し出に行き、サーリムは用心棒代わりにアリーを伴い、郊外にあるバザール（露天市）へ残りの宝石を金に換えに出かけた。

アレキサンドリアはローマ帝国時代の影響がいまだ色濃く残っており、それに開放的な港町の気風もあって、イスラーム教徒の女性でもヴェールをかぶらずに街を歩いている。

この日、サーリムが生まれて初めて顔を晒《さら》して街中を歩くと、日除けのフードをしていると
はいえ、その美しさは男たちの目を引いた。

二十歳になるかならずの娘である、心が浮き立ったのも無理はない。

バザールには人が大勢出ており、喧騒《けんそう》と言えるほどの活気を呈していた。

宝石類を商う店を探しながら、

「俺が売り捌いてやろうか？」アリーが言ったが、

「いえ、あたしが売るわ」と、サーリムは宝石に触らせようとしない。

信用されていないことがアリーには面白くなかった。

「買い叩かれても知らねえぞ」

「甘く見ないで」

「ちっ、じゃあ勝手にしやがれ」むくれて、アリーは一人でどこかへ消えてしまった。

仕方なく一人で見て回り、二軒目がいい値を付けてくれたのでそこで全部売った。

主人は柔和な表情をした老人で、

「娘さん、いい商いをさせてもらったお礼に、これをあげよう」

と、水蓮《すいれん》の花をくれた。

薄紫の、ナイル川に多く群生するありふれた花だが、初めて人から花をもらってサーリムは

はにかんだ。

「髪に挿して好きな人に見せてごらん。ほら、こうして」

言いながら、老人はサーリムのフードを少し上げ、挿してやった。

きりっとした顔だちによく映える。

気恥ずかしげに、少し俯《うつむ》きながら店を後にしたサーリムを見送ると、老人はすぐにバザールの監督官のもとへ駆けつけた。

諸方を旅しているので女のシリア訛りが判った。

それに、さほど高価ではないが宝石の種類から見て、出どころはかつてのウマイヤ家の王族たちに連なるのではないかと思い巡らせ、ぴんと来たのであった。

女の去った方角と特徴、それと目印に髪に水蓮の花を挿していることを告げた。上手く行けば多額の懸賞金が手に入ろう。

役人はすぐさま十人ほどの部下を集めると、一般人の服に着替えさせ、女を見つけても捕らえず、住まいを確かめて報《しら》せるよう命じて後を追わせた。

(髪の花を見てどう言われるだろう……)

勘の鋭いサーリムではあったが、気が飛んでいては尾行に気付かなかったのも無理はない。

日暮れ前に宿へ帰ると、杜環たちはすでに戻っており、明後日の早朝に出帆するガレー船に乗り込める段取りをつけてきていた。

「ほう、別嬪《べっぴん》ぶりが上がったのう」

サーリムの花に気付いた杜環が冷やかすと、赤らめた頬を見られまいとサーリムは思わず下を向いてしまった。

「ほれい、アブドゥルよ、お前さんも何とか言うてやらんかい」

サーリムが部屋に入った時からアブドゥルは気付いていたが、杜環に言葉を振られても苦笑するしかなかった。

しばらくしてアリーが戻ってきた。どこか居酒屋で酒を呑んできたらしかったが、それにしては眼が険しい。

「外に妙な野郎どもがいるぜ、この宿を見張ってるようだ」

「どんな奴だ？」バドルが慌てて聞く。

「なりは普通だが、ありゃ兵士だ。眼つき、身ごなしで判らあ」

「見てくる」バドルが飛び出しそうになったが、

「待て、下手に動くとかえって用心される」アブドゥルが止めた。

バン！　大きな音が部屋中に響いた――

髪からむしり取った水蓮をサーリムがテーブルに叩き付けたのだ。

奥歯を噛《か》み締めている。

「そうか、それは目印じゃったかい」杜環がため息まじりに言った。

眉を上げ、何か言おうとしたサーリムにアブドゥルは、

「何も言うな、黙って従え」目で抑えながら命じると、アリーに向かい、

「見張りは何人いる？」落ち着いた声で尋ねた。

「俺が気付いたのは二人だ」

「……」

部屋中の空気が張り詰め、四人はアブドゥルの言葉を待った。

バザールから捕り手の兵士たちが駆けつけるのにそう時間はかからない。否、役所にも報せが飛んでそちらの人数の方が早いだろう。躊躇っている時間はない。

「馬で駆け抜けよう、陽が沈むまで駆け続けるぞ」

手早く身支度を終えると馬屋へ走り、馬屋番を脅して五頭に鞍《くら》を置いた。

「サーリム、手綱は取らず馬にしがみついていろ」

アブドゥルの言葉に、馬に乗ったことのないサーリムはこくりと頷くと、跨《また》がりやすいようジャンビアで服を太腿《ふともも》の辺りから下へ切り裂いて騎乗した。

イスラーム世界で女が、それも若い娘が人前で太腿を露わにするなど前代未聞の出来事である。

息を呑んだままサーリムの太腿から目の離れないバドルの頭を杜環が張り飛ばし、

「しっかり前を向かんかい！」一喝すると、

「はっはは！　いい気っ風《ぷ》だ、気に入った」アリーが珍しく大声で笑った。

アリーを先頭に、アブドゥルが横に並んだサーリムの馬の手綱も取り、あとを杜環、バドルと続く。

中庭様式のこのフンドゥクに出入り口は一つ、見張りどもを蹴散らすしかない。

「行くぜ」すらりと剣を抜き放ったアリーが「はっ！」勢いよく馬腹を蹴るや、アブドゥルたちも一斉に駆け出す。

一塊《ひとかたまり》となって飛び出し、辺りの人々から悲鳴が上がる中を構わず、ドドドッと馬蹄を轟かせて駆け抜けた。

しかし、見張りの男たちはさすがに兵士であった。

馬蹄の音を耳にした時からすでに身構えており、走り抜けようとするアブドゥルたちの脇から、ジャンビアを手に躍りかかってきた。

一人目と二人目はアリーが鮮やかな剣さばきで薙《な》ぎ払ったが三人目がおり、アブドゥル目がけて飛びかかった。

両手が塞がっていたので身を伏せて躱《かわ》そうとしたアブドゥルであったが、突き出されたジャンビアが左の目を掠《かす》めた。

蹴り飛ばして走り抜け、そのまま砂ぼこりを巻き上げて走り去った。

一行は駆けに駆けた。

隊商宿の馬ではしょせん追っ手の軍馬に追い付かれるところであったが、夕闇が彼らを救った。

街を抜け出た頃にちょうど陽が沈み、街道を逸れてしまえば見つかる心配はない。

馬速を緩めてからも、その夜は月が真上に来るまで進んでから野宿した。

火は焚《た》けない。見つかる心配もあるが、山猫やジャッカルなどの獣を呼び寄せかねないからだ。

わずかに手燭だけを、隠すようにして杜環がアブドゥルの目の傷を診た。

血で、半顔が染まっている。

拭き取ってやり、背負った袋から何やら取り出して塗り終えると、止血代わりに布を巻き付けてから言った。

「アブドゥルよ、この目は治らんわ」

心配げに覗き込んでいたバドルが、どすんと尻餅をついた。

同時に「サーリム！」

と、闇の中の気配を察したアブドゥルが鋭く呼んだ。

「こっちへ来いサーリム」

アブドゥルの足元に、地べたに頭をつけてサーリムがひれ伏した。

手にジャンビアが握られている。

「杜環殿、灯りを」

杜環がかざした灯りの中で、アブドゥルは目を覆った布を外して言った。

「これを見ろサーリム、この目はお前のせいで見えなくなった」

うなだれるサーリムに向かって、

「これからのお前は、この目の分まで物事を見る務めがある。つまらん真似は許さんぞ！」

地に伏したまま嗚咽《おえつ》するサーリムを見やって、

「やれやれ、我が目を潰そうとしよったんかい。なぁ〜んとまあ情強《じょうごわ》の娘じゃわい」

杜環は呆れ返ってしまった。

5　ミクネサ族を訪ねて

一行は西へ向かう。

用心のため乾燥地帯の近くまで南に下り、野宿を重ねて進んだ。

しかし着の身着のままで逃げ出したので、ひもじさもさることながら、夜の寒さが骨身にこたえた。

さすがに水は革袋に詰めてきたので渇きだけは凌《しの》げたが、二日目にはそれも尽きた。

馬も弱り、街へ戻らざるを得なくなった四日目に幸運と出会えた。

カッターラの窪地《くぼち》にさしかかった辺りで、ベドウィンの小さな集落を見つけたのだ。

むろん用心してむやみに近づくことはせず、最初はバドルだけが訪ねて注意深く様子を探った。

どうやらアッバースの兵士は姿を見せなかったと見極めをつけ、立ち寄ることにした。

バドルが旅商人を装って口八丁で上手く毛布、水、食べ物を買い、五頭の馬とラクダ二頭を交換し、近辺の地理も教えてもらって、取りあえずの旅の支度を整えることができた。

ベドウィンたちは旅人からの話を聞きたがり、泊まってゆくようしつこく引き止めたが用心に越したことはない、礼を言うとすぐに集落を離れた。

難儀ではあったが街道を避け、マルサ・マトルーを目指して西へ進んだ。

「あ〜〜、水浴びして葡萄酒飲んで、ほいでもって水パイプも喫《の》みたいのう」

「あのガレー船に乗ってみたかったなあ」

「ベドウィンたちの所で泊まってもよかったんじゃないかのう」

などと、杜環がしきりに愚痴をこぼすものだから、

「うるさいんだよおっさん！　黙って歩けねえのか、ったく」

いつものようにバドルが絡む。

「だいいち、アリーは同じお尋ね者だから解《わか》るけど、おっさんまでどうして付いてくるんだよ」

「阿呆ぅ、あの宿の者にゃわしも顔を見られとるんじゃ、目立つ東洋人のわしが一番やばくなってしもうた、もう離れられるかい」

「それもそうか、ひゃっひゃひゃ」

杜環の物真似笑いでからかうバドルに眉をしかめながら、

「こうなったら一蓮托生《いちれんたくしょう》じゃ、意味判るか？」

「判らないよ」

「死ぬときゃ一緒っちゅうこっちゃ」

「嫌なこと言うなよな」

「うひょひょひょ」


弟の顔が何かを喋っている。

首だけの顔、後ろでアッバースの兵士たちが並んで嘲り笑う。

身を起こしたアブドゥルが強張った身体を緩めながら見回すと、他の者は闇の中で静かに眠っている。

嫌な夢であった、時々あの時の夢を見る——

マルサ・マトルーへ辿り着いても、用心してバドルとアリーの二人だけが、買い出しと情報集めに街へ入った。

二日後に、ラクダを一頭増やし、三頭のラクダに水と食べ物をいっぱいに積んで戻ってきたが、もたらした報せはあまり良くなかった。

「いけません、やっぱり港の辺りは危ないです。兵たちの様子は張り詰めてますし、街でも俺たちが立ち回るかもしれないと噂が」

バドルは見聞きしたことを、事細かにアブドゥルに報告した。

アレキサンドリアに現れたこと自体が海路を目指したと予測される上、杜環が乗船の申し込みをし、その東洋人と一緒にアブドゥル・ラフマーンらしき者がいたとあっては、港や船が警戒されるのは当然であった。

「ふむ、そうじゃろのう。こりゃあベンガジはおろかトリポリ辺りまで、マグリブへ続く地中海沿岸の街はやばいぞい」

杜環が言わずとも判っていることである。

「砂漠を行くしかありませんな」

アブドゥルの決定に、

「ほいでも、オアシスにも知らせは行っとるじゃろ」

「むろん。しかし沿岸の街よりは警戒の目も緩やかでしょう」

「わかった。で、どこへ行く?」

「まずは、スィーワのオアシスへ」

南西へ四、五日の旅程である。

「確かスィーワにゃアメンの神託殿があったのう。ほほう……面白い」

「と、言いますと？」

「マルサ・マトルーからスィーワへ、その昔アレクサンドロスが通った道よ」

「大王は征服の途上でしょう？　私たちは逃げ落ちる身ですよ」

苦笑まじりのアブドゥルに、杜環は言った。

「なぁに、人間は気の持ちようじゃ、ここからアブドゥル・ラフマーンの征途が始まると思え」

途中、ひどい砂嵐に見舞われた。

ラクダの間に身を潜めて通り過ぎるのを待つといった難儀もしたが、ようやくスィーワが望める辺りまで来ても、用心のため野営することにした。

五人組と悟られぬようアブドゥルとバドル、アリーとサーリムの二人ずつ、交代でオアシスへ行って宿に泊まり、身体の垢《あか》も落とすことができた。

もっとも、目立つため杜環だけはオアシスへ寄るのを我慢してもらった。

濡《ぬ》れた布で身体を拭いながら、

「ああ～～わしも水浴びがしたいわい、身体が痒《かゆ》うてたまらん」

「砂漠を抜けるまで我慢してもらいましょう」

アブドゥルがなだめる横から、

「臭い臭い、俺に近寄るなよおっさん」

バドルがからかう。

「ふん、女ごを抱いてきよったな、ええ匂いがするわい、くそっ」

「何だよおっさん、まだそっちの欲が残ってんのかよ」

「当たり前じゃ、わしゃまだまだ現役じゃで」

「ま、それも我慢してもらいましょう」

気の毒そうな、可笑《おか》しそうな声でアブドゥルはなだめた。

数日の間、疲れを癒やし水と食べ物を調えると、一行はリビア砂漠を越えてガダミスへと、内陸部を旅してリビアを抜けた。

大きなキャラバンに加えてもらうことは避け、アブドゥルたちは五人で旅した。

ガダミスから西はサハラ砂漠の大砂丘地帯が広がっており、さすがにここは越えられない。やむなく北へ約五〇〇キロ、ガフサを目指すことにした。

追っ手はむろん盗賊や獣にも脅《おび》え、太陽に灼《や》かれ砂嵐に晒され、夜は寒気と不安に苛《さいな》まれながらアブドゥルたちはひたすら歩き続け、ようやくガフサに辿り着いた頃には、五人ともすっかり頬が痩《こ》け、さすがに足どりも重かった。

もっとも、長く苦しい旅ではあったがアブドゥルにとっては、ユーフラテス河に飛び込んでからエルサレムでバドルたちと再会するまでの孤独な逃避行とは違い、仲間がいることは何といっても心強かった。

ガフサの近郊で一旦留まり、ナツメ椰子の木陰で休息しながら、

「金もまだ余裕がある、しばらくこの街で疲れを癒やそう」

隻眼で街を望みながら言ったアブドゥルの言葉に、

「わしも行くぞい」杜環が勢いづいて言ったが、バドルが反対した。

「だめだめ、まず俺が様子を探ってきてからだ」

「おいおい、ここまで来たらもう心配あるまい」

「甘いぜおっさん、アレキサンドリアでの一件はマグリブ全域の総督たちに伝えられたはずだ。大きな街やオアシスは危ないんだよ」

ここからさらに西のアルジェリア、モロッコを含めた地域が、アラブ人たちがマグリブと呼ぶ、いわゆる〝陽の沈む大地〟である。

「しかし、そろそろほとぼりもさめとるじゃろう」

「奴らの執念深さを知らねえな」

「執念深さか。むぅ～、アッバースのお家芸じゃったのう」

落胆する杜環の横から、

「よし、俺が付いてってやろう」

アリーは若いだけに、街を前にして急に元気を取り戻していた。

「よし、ではまずバドルとサーリムと三人で様子見に行ってくれ。杜環殿と私はそのあとだ」

アブドゥルの言葉にサーリムがさっと立ち上がる。

「役人の目よりも密告が怖い、街の噂に気を配れ。それからバドル、西へ行くキャラバンがいたら渡りを付けておけ。一晩泊まって明日の夕刻、アリーが報せに帰ってくれ」

ラクダを曳いて、三人はガフサの街へ向かった。

バドルは役所を中心に商人の仕入れを装ってオリーブや香辛料の店を回り、サーリムはスークで買い物、アリーは居酒屋に博打場と、それぞれ情報を集めたが、特にウマイヤ家の生き残りがどうのといった噂は耳にしなかった。

アリーが戻って大丈夫だと報せると、

「ほれみい、こんな所の連中にとっちゃ、お前さんのことなど縁のない話だわ」

「じゃあ明日の朝、我々も街へ入りましょう。ただし杜環殿はできるだけ顔を隠してください」

「この顔を見てみぃ、陽に灼けて訳の判らん顔になっとるわ！」

五人組と知られるのはまずいので、宿はアブドゥル、アリー、サーリムと、杜環、バドルの二組で別の宿に分かれて泊まることにし、旅の疲れを癒やしがてらマウレタリアへ抜けるルートを探った。

　地中海世界の地域名はこの当時もまだ、かつてのローマ帝国の属州時代の呼び名が使われており、マウレタリアは現在のアルジェリア西部からモロッコにかけての地域で、アブドゥルの母の出身部族であるナフザ族は、マウレタリアでも西方の、現在のモロッコ北部にいるはずであった。

　ガフサの街にはローマ時代の公共浴場が残っており、杜環がすっかり気に入り毎日入り浸ってしまったので、アブドゥルとバドルはここで時間を決めて毎日落ち合い、情報を交換しがてら杜環も交えて今後の方策を相談した。

「アリーとサーリムはどうしとる？」

「サーリムは洗濯やら料理やら、宿の手伝いをしながら泊まり客の話を聞き集めて、西へ行くキャラバンを探してます」

「アリーの奴は？」

「売春宿に泊まり続けですよ」

「ほほう、どこじゃ、わしも行ってみるわい」

「そんなことよりアブドゥル様、俺は明日カスバへ行ってきます」

　バドルの言うカスバとは、今では地元民の密集住宅地となっているが、元々はアラブ軍が占領した都市に築いた城塞で、当時は当然ながらアラブ兵とその家族の居住区域である。

出入りの敷物商人に付いて、何軒かの家に古物を買い取りに行くという。

「あんまり嗅ぎ回って尻尾《しっぽ》を掴まれんなよ」

「うるさいよ」

杜環なりに心配しているのだ。

「杜環殿の言うとおり、ここはアラブ兵にとってはいまだ敵地も同じだ。奴ら、気が鋭くなっているぞ」

「心得ました」

翌日、陽が暮れてからバドルが宿に戻って部屋に入ると、見知らぬ女がいた。

夜の商売女だということはすぐにわかる。

せっせと木の実を剥《む》いて、横でふんぞりかえっている杜環の口に、キャッキャと笑いながら放り込んで遊んでいる。

「な、何だよこれは」当惑するバドルを尻目に、杜環はだらしなくにやけながら、

「〝開心果仁〟じゃ。ああ、こっちじゃピスタチオっちゅうらしいの」

「んなこた知ってるよ」

「わしゃ昔から好きでの、かのシヴァの女王も好物だったとか、ほい、あ〜ん」

女が放るとぱくりと口に入れ、

「ん〜〜ここのは絶品じゃ」

呑気《のんき》にピスタチオをぽりぽり食べながらいちゃつく杜環に、むかっ腹を立てたバドルがいつもの癖で喚いた。

「この女はどうしたって言ってんだよ！」

「そう大声出すな、昼間抱いてやったら付いてきて離れんのよ。言うとったじゃろう、わしゃ閨房術の名人じゃと、ふひょひょ」

ぽかりと口を開け、次にこめかみの血管がぴくぴくしだしたバドルを見て、

「わしもただ遊んどったわけじゃありゃせん、とにかく女は帰すからそう怒るなって」

しぶる女の耳元へ何か囁き、肩を抱きながら扉の外に出して振り返ると、バドルが目をひんむいて喚いた。

「こっちは命懸けで危ない所へ行ってきたってのに！」

「わかったわかった、ご苦労さん」

カップに酒を注いで渡しながら、

「いやなに、土地のことは土地の女に聞くのが一番じゃでな。で、そっちは何かいい話はあったか」

「別に、これといったことは……」

「わしの方は女から面白い話を仕入れたぞい」

次の日に、浴場でアブドゥルに話したのは、ミクネサ族という、ベルベルの部族についての

情報であった。

そのミクネサ族の支流の一派が、ガフサから北東の方面で遊牧しているという。アラブのマグリブ征服時には最も頑強に抵抗した一派である。

今は支配下に入ってはいるが、あまりイスラーム化せぬため、カイラワーンのマグリブ総督も頭を痛めているという。

カイラワーンは現在の首都チェニスから一五〇キロほど南に在り、アラブ軍はここに総督府を置いてマグリブ支配の拠点としていた。

「そのミクネサ族がどうしたっていうんだよ?」

バドルが横から口を出す。

「慌てるな、話はこれからじゃ。しかしあの女のマグリブ訛りにゃ往生したわい」

「もったいぶらずに早く喋れって」

マウレタリアのサハラ北辺には、点在する小さな水場を縫うように貫くルートがある。

地元のベルベルたちにしか判らぬ道で、戦になれば彼らは砂漠の彼方に姿を消すことができるが、土地を知らぬ者は絶対に追えない。

そういう道だから、各部族ともかなりの金を積まねば案内には立たない。

「その話、サーリムもキャラバンたちから聞き込んでいましたよ。もっとも、そんな道を行くキャラバンはめったにいないそうですがね」

アブドゥルの言葉に続けてバドルが、

「そりゃそうでしょう、大金払ってたんじゃあ商売にならない」

内陸部のオアシスへも、日数はかかるが沿岸の都市から南へ下って行く方が安く上がる。よほど急ぎ旅の者しか通わないルートであった。

「俺たちにゃそんな金ないぞ。だいいち遊牧してる奴らだろ？　どこにいるか判らないんじゃ……」

「話はこれからじゃっちゅうに」

「だったら早く言えよ！」

昨日の女の仲間にそのミクネサ族の娘が二人いて、一人が悪い病で死にかけており、部族のもとへ帰りたがっているという。

「どこかの奴隷ですか？」

「いや、二年前に家畜がばたばた死によったらしい。食ってゆけんのでこの街に出てきた者たちの生き残りじゃ。その娘なら自分たちの集落が今の季節どこら辺りにいるか知ってるじゃろ」

「送り届けたら安く案内してもらえんのかよ？」

「そりゃ判らん」

「じゃあ送り損になるかもしれないだろうに」

「駄目で元々、上手くゆけばアッバースの追っ手はむろん、盗賊どもも手出しはせん一番安全な道で西へ行けるぞ。どうじゃアブドゥル」

「待てよおっさん、そのミクネサ族が盗賊に変身すんじゃねえか？」

「わしらは部族の娘を送り届けた客じゃ、客には手出しせんのが習いじゃろ」

「でしょうね。しかし、その部族の縄張りより西の部族はどうでしょう」

「案内人にちゃんと部族の客だと念達《ねんたつ》してもらえば、危害を加えることはあるまい。もっとも、その先を安く案内してくれるかどうかは別じゃがな」

とにかくその娘に会ってみた。

杜環にも解らない熱病で、この地域では時折患う者がいるという。

伝染の恐れはないが治療法もなく、死ぬのを待つだけらしい。

アブドゥルは送り届けることにした。

同情したからではない。他人の身の上に同情する余裕などはなく、娘がすでに歩けない状態で急がねばならなかったのだ。

その夜のうちに一行はガフサの街を旅立った。

娘には馬を用意し、落ちぬよう括《くく》り付けて乗せてある。

日中はテントを張り陽射しを遮って休ませ、夕暮れから明け方までを歩いた。

娘の衰弱はひどく、サーリムと杜環が懸命に看病するが時間の問題であった。

四日目、砂漠に入った辺りで娘は死んだ。

方角だけは聞いていたが、どうするか迷った。

「三日だけ進み、それで見つからねば一旦街へ出よう」

アブドゥルの判断は妥当であった。それ以上砂漠に深入りはできまい。

これからはミクネサ族の集落を見つけるため、陽の出ている間に進まねばならない。

ラクダ三頭に馬一頭、馬には娘の死骸を乗せてあるため、荷物を振り分けて一頭のラクダに、残った二頭に杜環とサーリムが乗って、高みから探すことにした。

灼けつく太陽の下での砂漠行は体力の消耗もさることながら、熱射病の危険もあるが仕方がない。

二日目の昼下がり、サーリムは初め蜃気楼《しんきろう》ではないかと思ったが、目を凝らしてよく見るとどうも様子が違う。

「杜環さん、あれを」

サーリムの指さす方をしばらく眺めていた杜環が、にやりと笑った。

「アブドゥルよ、どうやらツキが回ってきたようじゃ」

オアシスとまでは言えぬが、わりあい大きな水場で草もかなり繁っている。

「へえ、砂漠の中にこんな水場がねえ」

集落に近づきながら、街育ちのアリーは驚いてしまった。

「バドル、キャラバンの主人はお前だ、上手く話せよ」

「お任せください」

旅のキャラバンが娘に同情したという態で段取りをつけるつもりだ。

すると、二人の横から杜環が口を出した。

「いっそ正体を打ち明けたらどうじゃ。ベルベル人の血が流れとるお前さんじゃ、力になってくれるかもしれんぞ」

「ば、馬鹿なこと言うな！　アブドゥル様にいくらの懸賞金がかかってると……」

血相を変えて喚くバドルを抑え、アブドゥルが苦笑いしながら言った。

「それに、ベルベル人にとってはウマイヤ家こそが憎むべき征服者なんですよ」

マグリブ征服は代々のウマイヤ家のカリフが命じたものだし、その支配体制は極端なアラブ至上主義で、アッラーの下にすべてのムスリムは平等であるべきイスラームの教えに著しく反し、まだアッバース朝の方がマワーリー（被征服民）に寛大であった。

「そうじゃったのう。ま、ちょいと言ってみたまでよ、そう睨むな」

バドルとサーリムに睨まれ、身を竦《すく》めてしまった。

その集落の族長はファズリという初老の男で、アブドゥルたちに丁寧に礼を言ってはくれたが、道案内の件は金額が折り合わず、バドルがしつこく交渉したが、やはり相当な金額でないと無理であった。

しかし一晩だけはテントと食事をふるまってくれ、出発時には水も十分に与えてくれることになった。

「やれやれ、くたびれ儲《もう》けじゃったのう」

食事を終えてテントに入ると、杜環は寝転がってため息をついた。

「なあに、少し回り道をしただけですよ、明日は夕刻に出ましょう」

アブドゥルに落胆した様子はなかった。

その夜、月が高くなった頃、人目を忍んでムッラという若者がアブドゥルたちのテントにやって来た。

歳《とし》はまだ十六、七くらいだろう、死んだ娘の従兄弟で、縁者を親切に送り届けてくれたお礼に道案内をしてもよいという申し出であった。

「おいおい、族長にばれたら大変なことになるんじゃないのか？」

バドルが言うのももっともである。

「俺たちは身内の絆を尊びます、族長も許してくれるでしょう」

「そんなに多くは出せないぞ」

「金は……別にいいです」

ムッラという若者をじっと見ていたアブドゥルが目配せで頷くと、バドルは少し考えてから、

「よし、じゃあ俺たちは明日の夕暮れにここを出て一旦北に向かう。陽が沈みきった辺りでお

前を待とう」

このキャラバンの主人であるバドルに丁寧に頭を下げると、ムッラは外を気づかいながらテントを出ていった。

五人は顔を見合わせると、誰からともなく奇妙な忍び笑いが漏れだした。

ムッラという若者が、アブドゥルたちを襲う気なのが見え見えなのだ。

おそらく仲間と語らって、これを機に貧しいこの集落を離れるつもりなのだろう。

「しかしまあ、純朴というかすれてないというか、嘘もあそこまで下手じゃとわしゃ笑いをこらえるのに往生したぞい」

「笑い事じゃねえぞおっさん、俺ぁ腕の一本もぶった斬ってやりたかったぜ」

短気なアリーならやりかねなかった。

「私に考えがある」

そう言うと、アブドゥルは少し笑いを含んで言った。

「どうやらツキが回ってきたようだ」

翌日は陽が高くなっても、アブドゥルたちはテントの陰でのんびりと過ごした。

陽が傾き始めた頃、泉のそばで居眠りしていた族長のファズリの傍らに、アブドゥルがそっと腰を下ろした。

気付くと、ファズリは大きく欠伸《あくび》してから声をかけた。

「そろそろ行くかね」

「ええ、それからこれは主人から」

そう言ってアブドゥルが少なからぬ金をファズリの前に置くと、その金とアブドゥルの顔を見比べ、少し考えてからファズリが言った。

「どういうことだ？」

「主人は心配しています、後を追われるかもしれないと」

「……わしらは確かに貧しいが、あんたらはあの娘を送り届けてくれた、そんなことはせんよ」

「誓ってくれませんか？　これはその誓いへの礼です」

「変なこと言う奴じゃのう。まあええわ、それでその金をもらえるんならな。えーとアッラーじゃったの、偉い神さんの名は」

「いえ、あなた方の先祖が流した血に」

ファズリの顔が強張り、アブドゥルの隻眼を見据えた。

アブドゥルも眼を逸らさず見返したが、気負いはない。

「訳を聞かせてくれんか」

「まず誓いを」

「ふむ……父や、その父たちの流した血と名誉にかけて」

陽が沈み始めた頃、アブドゥルたちはミクネサ族の集落を出た。

ムッラに言ったとおり北に向かい、陽が沈みきるまで進むと、打ち合わせどおりに灯りを点《とも》してムッラを待った。

彼らは四人で来た。

ラクダも馬も曳いておらず、背に弓を架け渡し、手には槍を持っている。

半月に薄く雲がかかり、かなり暗い。

ちらちらと見える灯りを頼りにあと一〇〇歩近くの所まで来ると、ムッラが顎をしゃくって合図し、二人と一人、左右に分かれた。

三方から矢を射かけて襲うつもりだ。

息を殺して灯りに近づくと、次第にラクダの影が映し出され、あと三十歩の所まで近づいた時、ムッラの耳は不意に鋭く響く口笛を聞いた。

仲間がなぜ口笛なんか吹いたのかわからず狼狽《ろうばい》していると、反対方向の闇からも口笛の音が響いた。今度は少し長い。

何だか判らず不安でいると、後ろから女の声が大きく響き渡った。

「仲間を三人捕らえたわ、弓と槍を捨てて灯りのもとへ行きな。言ったとおりにしないと仲間は殺すよ！」

結局、待ち伏せしていたアブドゥルたちに、逆に背後から忍び寄られて襲われてしまったという始末。

後ろ手に縛り、背中合わせに括りつけたミクネサ族の四人の若者を、

「このガキども！」

バドルが一人ずつ小突きながら、ジャンビアを目の前で振り回して脅し上げた。

「そのくらいにしとけ、お仕置きはもうすぐ現れるファズリがしよるじゃろ」

水パイプを喫いつけながら言った杜環の言葉に、四人の若者たちの表情が変わった。

杜環の言葉どおり、しばらくすると屈強の男たちと共にファズリがやって来た。

ちらりと四人を見やってからアブドゥルに向かい、

「阿呆どもが世話になったの」そう言ってから、男たちに四人を引っ立てさせた。

勝手に道案内して水場を教えたり、ラクダや馬を持ち出したりといった部族への裏切り行為であれば許されないが、強盗自体は別段悪ではない。

ただ、部族として迎えた客への襲撃という掟《おきて》破りは、やはり厳しく処罰されるだろう。

「殺さんでやってください」

アブドゥルの口添えに、

「ありがとう。まぁ、そこまではせんよ。出て行きたいっちゅう若い者の気持ちも判らんこたぁない」

「取りあえず戻ろうや、のう族長、酒はあるんじゃろ」

「出さんわけにゃいかんのう」

杜環の厚かましい要求に、ファズリも苦笑で応じるしかなかった。

6　イスマイルのキャラバン

「わしがじかに話した方がええ」

こう言って、砂漠の道案内は二人の青年とファズリ自身が務め、南西に二〇〇キロ辺りにいるであろう部族へ案内してもらえることになった。

荷物用のラクダも用意してくれたので、五人とも歩かずに、ラクダの背に揺られて旅することができた。

最大の謝意であり、アブドゥルの目論見どおりに運んだといえる。

サハラ辺りのラクダは一瘤《ひとこぶ》で、初めは苦しんだが一夜進めば慣れしまう。

降るような星空の下を、十頭のラクダと八人の旅人はゆったりと進む。

「ファズリ殿、幾日ぐらいで着きそうかね？」

バドルが横に並んで、もっともらしい口調で尋ねた。

ちらっと横目でバドルを見、ファズリは片頬だけを皮肉に歪《ゆが》めて言った。

「あのなあ、わしには目が二つもある、誰が主人かぐらいは判るぞ」

「だ、誰って私が――」

「馬鹿たれこの」

「ちょっ、何でえ、ばれてたんかい」

「訳は聞かんから、白々しい芝居はやめとけ」

「そうかよ、大した眼力だな族長さんよ。だったらてめえんとこの若いもんが何してるかもお見通しってか」

「あ痛～、それを言うてくれるな」

「ははは、おあいこだ。で、どれぐらいで着くんだい？」

「まず、五、六遍ほど星が巡った頃かいの」

二日目から砂丘地帯に入り、二日進んだ。

砂丘を出て少し進むと、驚いたことに井戸のある場所に出た。

「ほっほ～、こりゃおいそれと他所者《よそもの》にゃ教えられんわい」

感心する杜環に、

「もっとも、一度通ったくらいじゃこの場所は判らんがね」

得意げに言ったファズリであったが、空模様が気になるようであった。

「砂嵐が来よる、もう少し北でやり過ごそう」

水を詰め替えただけで一行はすぐに立ち去ったが、半日もせぬうちに案の定、ひどい砂嵐に襲われた。

俯いてゴオオと鳴る嵐の音を聞きながら、テントをかぶるようにして過ぎ去るのを待つだけである。

じっと耐えるしかない。

砂塵《さじん》のせいかサーリムがしきりと咳《せき》をし始め、それがなかなか止まらなかったが、音で誰も気付かなかった。

嵐が収まり再び旅立っても、サーリムの咳に気付く者はなかった。

サーリムはできるだけ隠そうとしたが、最初に気付いたのはすぐ後ろを進んでいたアリーだった。

「おーい止まれ、止まってくれ！」

前の方に叫んでから、杜環を呼んだ。

「おっさん、こいつを診てやってくれや、さっきから咳き込んでやがる」

「あたしは大丈夫だ、余計なことを」

「強がってんじゃねえ！　おっさん、頼むぜ」

肺に入った砂塵のせいであったが、杜環とてここではどうしようもない。幸い熱はないので進むしかなかった。

さらに二日の道程を経て、目指す部族のもとに着いた。

ファズリが交渉して水、食糧を分けてもらうことと、三日間の滞在だけは話を通してくれたが、ラグートまでの砂漠道の案内は、やはり相応の金をもらわなければできぬ相談だと断られた。

「わしにできるのはここまでじゃ、そんなら元気での」

こう言って、ファズリたちは翌日には帰って行った。

いくらファズリが念達してくれたとはいえ、そのまま信じて気を許すことはできない。

五人は集落の様子や、人々の目つき、顔色、そぶりに気を配り、眠るときも必ず一人は起きて外の様子に注意した。

おかしな真似をしそうな気配はなかったので一安心ではあったが、さて、これからどうするかである。

地中海沿岸のアルジェに出る北のルートか、砂漠地帯を大きく迂回《うかい》してサハラアトラス山脈の麓に至る南回りのルートか。

北のルートは何より道が楽な上に、所持金も残り少なくなってきているので、実際にキャラバンとして物品を運んで少しでも金を稼ぎたいところだが、やはりアッバースの目が恐い。

南の道は日数はかかるし苦しい旅になるが、まだ安全ではある。

アブドゥルは少しサーリムの咳が気になったが、この集落に来てからは止まったようなので、南の砂漠を迂回することにした。

また星空の下での旅が始まった。

四、五日たつと、サーリムが再び咳き込みだしたので、強情に断るのをアブドゥルが命じてようやくラクダに乗せた。

荷物は残り二頭のラクダに積み分け、一行は南の道を行く。

酷暑の砂漠道をひたすら南へ南へと進んだ。

灼けつく太陽に暑さはますますひどくなり、杜環は言うに及ばず、アリーやアラブ人であるアブドゥルたちでさえ参ってしまった。

昼間は眠るよう努めても、立ち昇る地熱になかなか眠れず、陽気なバドルでさえも口を開かなくなった。

月明かりの砂漠に薄影をひいて、三頭のラクダを曳いた五人の旅人はただ黙々と歩を進めた。

途中、幾組かのキャラバンとすれ違い、小さなオアシスに立ち寄りながら、ようやく大きな街に辿り着くことができた。

ここからの道は西へ向かう。

数日滞在して次の目的地ガルダーヤまでの旅の支度を整えると、所持金がほぼ底をついてしまった。

「革の背もたれなんかを売ってた店があったろ」

「ああ、街に入ってすぐのとこだな」

「雇い人も少なそうだし、出てく時にやっちまうか？」

「強盗かい？　うーん、アブドゥル様に相談してみなくちゃなあ」

　アリーとバドルの物騒な相談を聞いて、アブドゥルより先に杜環が喚いた。

「阿呆！　街から追っ手がかかるわい」

「一旦砂丘に逃げてかわせばいい、どうですアブドゥル様？」

「ぼけ！　ガルダーヤにも知らせが飛ぶに決まっとるじゃろ、ちっとは頭を働かせたらどうじゃい」

「じゃあ途中で適当なキャラバンでも襲うか」

　アリーは奪うよりほかに金を得る方法を知らない。

「わしら五人で襲えるようなキャラバンなんぞが、そう都合良く通りゃせんわ」

「だったらどうすんだよ！」

「喚くなバドル、まぁそれは最後の手だ」

　石細工のカップを手のひらで転がしていたアブドゥルが、静かになだめた。

　騒動はできるだけ避けねばならないことぐらいは、バドルにも解ってはいる。

「ガルダーヤはかなり大きな街らしい。働いて稼ぐこともできようさ」

サーリムの咳は止まらない。

泣き言は一切漏らさないが、胸を患って砂漠を旅する苦しさを思うと、四人はどうにかしてやりたい気持ちに駆られ、オアシスに立ち寄るたびに、留まって静養させてやってはどうかという話になったが、ガルダーヤまでは辛抱してもらうことにした。

こんな砂漠道とはいえ、いつ何どき、どこからアッバースの追っ手が現れるかもしれない落人の身である。アブドゥルは進まねばならなかった。

「あの胸の病、へたをすれば命とりになるやもしれんのう」

一番後ろを、アリーと並んでラクダの手綱を取りながら杜環が呟《つぶや》いた。

「そんなに悪いのか?」

「こんな埃《ほこり》っぽいところを無理して旅しとったんではの」

「ガルダーヤで治るまで居続けるしかねえか」

「……」

「何だよ?」

「アブドゥルは大望のある身じゃ」

「それがどうした?」

「召使い女の一人ぐらい、捨てて行くやもしれんて」

もっともな話であったが、アリーの血相が変わった。

「そんなこたぁ俺が許さねえ」

「おっほ、お前サーリムに惚れとるんか」

「そんなんじゃねえ」

初めての仲間たちである。これまで一人で生きてきたアリーにとって、家族と言えた。

「そうか、そうか」

アリーの心情を解した杜環が振り向いたが、月が雲に隠れてアリーの顔はよく見えなかった。


ガルダーヤは大きな街にしてはアラブ人の監督官はおらず、地元の有力商人たちが談合し合って取り仕切っていた。

徴税官もこんな砂漠へ立ち寄ることはめったになく、定期的に西のラグートという都市に駐屯している監督官に税を納めているという。

アブドゥルたちにとっては好都合で、結局この街で四ヶ月ほども過ごすことになった。

サーリムの静養もあったが、金を稼がねばならなかったからだ。

アブドゥルにバドル、サーリムの三人は、バドルが交渉し、例によってバドルが主人、サーリムは妹という触れ込みで、商売が上手くゆかず、ここで働いて仕入れをしたいと申し出て、果物商人の荷役を手伝う話をつけ、倉庫の二階に住まわせてもらえることになった。

サーリムは病人なので、昼の間少しだけ家事の手伝いをするが、多くを木陰で過ごす毎日を送った。

汗だくになって働くアブドゥルに申し訳なく、胸の塞がる思いであったが、

「早く良くなることが、私たちのためになる」

こう固く言い含められては、身を縮めて従うしかない。

街路で寝るわけにもいかないので、杜環とアリーは安宿に泊まっている。

「琵琶があれば大道で芸を披露するところじゃが、ま、仕方あるまい」

こう言って杜環は、何十本もの細い棒に何やら線を書き込んで占いの商売を始めた。

占星やら、絵柄入りの木札や水晶片を使った占い師たちの集う辻《つじ》があり、同業者たちに断りを入れてから、隅の方でちょこんと始めた。

ところが、この東洋の妙な占いが、若い娘たちを中心に人気を呼び、街でも話題になって結構な稼ぎになった。

「ったく、やってらんないぜ。あんなインチキ占いで、汗かいて働く俺たちの三倍も稼ぐかあ！」

憤懣《ふんまん》やる方ないバドルに、

「ふひょひょ、コツがあるのよ」杜環は得意気である。

「どんなコツだよ」

「客の望んでいることを、客に判らんように上手く探り出すのよ。ほいで望んでいることを告げてやる、そうすると客は喜ぶわさ」

「それじゃ、その細い棒は何なんだよ？」

「これか、まあ道具は何でも構わんのさ、もっともらしく見えればの」

「馬鹿くせえ！」

「占いなんちゅうのはそんなもんよ、ふゃっひゃひゃ」

「はっはは、いろんな芸をお持ちですな」

アブドゥルもつられて笑いだし、そばで聞いていたサーリムの顔も綻んだ。

「久しぶりに笑ろうたの、うんうん、それが一番の薬じゃ」

「ところでアリーの奴は何してんだい？」

「さあのう、しばらくは用心棒代わりにわしの横でぶらぶらしとったが、性に合わんとかぬかしてどこかへ消えよった」

「帰ってこないのか？」

「三、四日ごとに顔は見せるが、何してるやら」

「無茶しなきゃいいんだが」

「疑われて調べられるような真似だけはするなと、釘《くぎ》は刺してある」

そんな具合に日が流れ、サーリムの容態も回復してきたある日、アリーが五頭ものラクダを曳いてひょっこり現れた。

「お前、こりゃ……盗んだのか？」

驚いたバドルがアリーに詰め寄った。

「買ったんだよ」

「金はどうしたんだ？」

「どうもしねえよ」

説明、というものが嫌いなアリーであったが、しかし街の噂ですぐに真相は知れた。

久しぶりで果物倉庫の二階に五人が集まり、鶏肉のシャワルマ（丸焼き）に葡萄酒というご馳走《ちそう》を囲みながら、杜環が仕入れてきたその噂に話が弾んだ。

土地の大商人が賭場帰りに三人組の暴漢に襲われた、という話であった。

珍しく大勝ちしたので帰途を狙われたのだが、その時突如現れた見知らぬ男が、こん棒で三人とも叩きのめして救ったというのだ。

もっとも、その男は商人から持ち金の半分をふんだくったそうな。

「しかし、よく斬らなかったもんだな……あ！　その三人とグルか？」

穿《うが》った見方をするバドルを杜環が笑った。

「こいつがそんな小器用な才覚を巡らせる男かい」

「ふーーん、お前も人間が丸くなったか」

「なかったんだよ、剣が」

「どうした、博打のカタに取られたか？」

「質屋だよ」笑いが渦を巻く、楽しい食事であった。

「ふひょほほ……、ところで、よっく都合よくその場に現れたもんじゃのう。本当んとこは、お前もその大勝ち男を狙っとったな？　図星じゃろ」

呵々《かか》と笑いながら言う杜環に、面白くもない顔でアリーは酒を呷った。

八頭のうち一頭にはサーリムを乗せ、二頭は旅の道具、そして五頭のラクダには、稼いだ金のほとんどで象牙細工とサフランを仕入れて積み込んだ。

これから向かうラグートの街では、今サフランがいい値で売れるという情報をバドルが掴んでいたからだ。

象牙の細工物はラグートの西、サハラアトラス山脈を越えた地域で重宝されている。

まずはラグートを目指して、一行はガルダーヤを後にした。

旅を重ね、陽射しはきつく途中で砂嵐にも遭ったが、サーリムは咳き込むこともなくなり、身体は大丈夫のようであった。

杜環が止めても聞かず、歩くと言い張るサーリムを、アブドゥルがきつく叱ってラクダに乗せねばならぬほどに回復していた。

ラグートの街に着いてバドルが上手くサフランを捌くと、山越えの旅に備えてラクダを全部売って馬を五頭買い込んだ。

山道なので、ここからは昼の間に進む。

サーリムも馬の轡《くつわ》を取って歩いて行かねばならない。

幸い、モロッコへ行く大規模なキャラバンが留まっていたので、話をつけて同道させてもらえることになった。

遥かペルシャから旅してきた八十人を越す大キャラバンで、イエメン人の用心棒を十人ほど雇っている。

アラビア半島南端に割拠するイエメン族は、アラブの中でも勇猛をもって鳴り、ジハード（聖戦）と呼ぶイスラームの征服戦争では、常に先鋒《せんぽう》にあって戦場を疾駆してきた民族である。

キャラバンの主人はイスマイルという四十歳前後のペルシャ商人で、絹やさまざまな織物をマグリブ各地に運び、帰りの荷は主に奴隷であるという。

シリアより東方のペルシャから来たということは、それだけ各地の噂を耳にしているはずで、素性を気取られぬよう用心せねばならない。

ここでもバドルが主人となり、アブドゥルは目立たぬよう心掛けた。

街を出るとすぐ山道に入る。

これだけの大所帯が荷馬を曳いて山道を登って行くのは大変な労力であった。

しかも日中の厳しい陽射しに照らされながら山道を登ってゆくのだから、進み具合は平地のようにはゆかない。

それでもイスマイルの統率が行き届いているせいであろう、遅れや混乱はなく、また怪我人が出ることもなかった。

（見事なものだ）

イスマイルの手際に感心しながら、アブドゥルも汗まみれで馬を曳き曳き山道を登る。

キャラバンはゆっくりと、サハラアトラスの山脈を縫うように縦断して行く。

峠を越え山道も下りにさしかかった。山道はむしろ下りに注意しなければならない。

馬の蹄《ひづめ》や荷の括り方など、イスマイルは細かく注意しながら見回り、アブドゥルたちの所にも来て指図した。

陽に灼けた顔の中に、意志の強さを覗かせる眼があった。

一歩一歩足元を確かめながら下って行くキャラバンに、雨が追い打ちをかけた。

ひどい雨で、留まってやむのを待つしかなく、アブドゥルたちもテントで膝小僧を抱えて過ごさねばならなかった。

夜になると雨は上がったが、厳しい冷え込みが襲い、皆が寒さに身を丸めて眠っていると、不意にアブドゥルが起き上がった。

また夢に出たのだ、アッバース兵に斬り落とされた首――

首は弟ではなく、幼い我が子スレイマンであった。

深く息を吸い、ゆっくり吐き出していると、微かにサーリムの咳が闇に響いた。

疲れと寒さ、それに高地の薄い空気のせいもあるかもしれない。

少し気にはなったが、疲れがアブドゥルを再び眠りに落とした。

翌朝は良い天気となり、キャラバンは早々に出立した。

ここでアブドゥルたちに小さな不幸が起こった。

サーリムの曳いていた馬が、ぬかるみに滑って足を折ってしまったのだ。

ほかのキャラバンの者たちに余分な荷を積む余裕はなく、馬と共に一頭分の荷も諦めるしかなかった。

申し訳なさに、サーリムの顔は深刻に歪んだ。

山を越えるとしばらくは山麓に沿って西へ進む。それから砂漠を北上して本街道へ出、そこから西へ向かうというルートである。

目的地まで先は長い。

時々、イスマイル自身がアブドゥルたちの所へ顔を出すことがあった。

この一隊の主人であるバドルと少し話してすぐに立ち去るが、お目当てはどうやらサーリムにあるらしい。

砂漠へ入る前の街で馬をラクダに買い替えたが、ここでえらくぼられた。

こちらの足元を見てふっかけてきたのだ。

イスマイルのキャラバンはというと、心得たもので、この土地に珍しい革製品と物々交換で上手くラクダを調達していた。

バドルが懸命に交渉したものの、向こうの言い値で買わざるを得ない。

悔しいが持ち金をはたいてもラクダを三頭しか揃えられず、必要な四頭目とあとの水や食べ物を買う金がない。

やむなく高利を承知でイスマイルから借りることになってしまった。

象牙が全部売れたとしても、半分も手許に残るまい。

「イスマイルの野郎はサーリムに気がある。色仕掛けで利息を勘弁してもらうか」

冗談であったが、サーリムが凄《すご》い眼で睨み付けた。

馬の足を折って以来、様子が常に険しい。

「おお、恐《こ》わ」おどけて竦んで見せるバドルの横からアリーが言う。

「なぁに、借金なんざ踏み倒してふけちまえばいい」

アリーの結論はいつも単純明快である。

「お前、借りを作るのは嫌いなんだろ」

「約束したのは俺じゃねえ」

「う〜ん、やくざな手だがそれもあるか」

「ないわ、阿呆ども！」杜環が一喝した。

「つまらん揉《も》め事を起こして、役人が出てきたらどうする気じゃ」

「判ってるって、最後の手ってことさ」

「バドル、イスマイルという男は甘くない、その考えは捨てろ。それよりこっちの正体を見抜かれんよう気をつけろ」

「畏《かしこ》まりました」

今まで以上に注意を向けられるわけだ、用心せねばならなかった。

マウレタリアの砂漠をキャラバンは北へ進む。

二日を過ぎた頃から、またもやサーリムの咳が始まった。

顔色も悪く、苦しげである。

「これ以上歩かせるわけにはゆくまい」

という杜環の言葉に、アブドゥルは象牙を諦めざるを得なかった。

サーリムをラクダに乗せるため、買い叩かれるのは承知で、ここでイスマイルに象牙を譲ろうと決めたのだ。

このことを皆に話した時、サーリムがアブドゥルの腕を両手で鷲掴みにして叫んだ。

「歩きます！」

アブドゥルを見つめる眸《ひとみ》が哀しいほどひたむきで、足手纏いになるのが一番つらい、その気持ちが痛いほど伝わってきた。

「金はまた稼ぐ、言うとおりにしろ」

尋常でない様子に、アブドゥルは優しく言い含めながらサーリムの手を解《ほど》いた。

アブドゥルとサーリムが直接に触れ合ったのは、これが初めてであった。

がくりと落とした肩の下から、サーリムが何か小声で呟いた。

「ん、どうした？」

「捨ててください……あたしを捨ててください」

下の砂地が濡れている。気丈なサーリムが涙を落としていた。

一瞬言葉に詰まったが、アブドゥルは強く命じた。

「二度と言うな、黙って従え」


商談はまとまった。

結局アブドゥルたちは無一文で、象牙も人手に渡ってしまったわけであるが、金などなくても四人はさほど気にすることもなかった。

ただ、サーリムだけは違った。

眠れないのだろう、憔悴《しょうすい》した顔でラクダに揺られている。

虚《うつ》ろな目で時々咳をし、かと思えば思いつめた眼つきになる。

食べ物もあまり喉を通らず、杜環やバドルが冗談を言ってもまるで反応がない。

目当ての街に着いた頃には、無残なほどやつれてしまっていた。

イスマイルのキャラバンとはここで分かれ、安い隊商宿に落ち着くと、サーリムは寝かせて四人はさっそく各々《おのおの》が稼ぎに出ることにした。

ここで次の旅の準備を整えつつサーリムの回復を待ち、モロッコのフェズを目指す。

最初の夜は、粗末ながらも五人揃っての遅い晩飯となった。

気鬱も散じたか、サーリムも珍しく微笑《ほほえ》んでいた。

ところが翌日の夕刻に皆が戻ってみると、サーリムの姿が消えていた。

心当たりはなく、宿の者に伝言もしていない。

近所を捜したり聞き込んだりしても、手がかりすら掴めなかった。

心配しつつ一夜が明けた早朝に、話したいことがあるからとイスマイルの使いがやって来た。

商談でもあるのかとアリーを伴ってバドルが赴き、アブドゥルと杜環はもう一度辺りを尋ねてまわることにした。

使いの者に案内されて、バドルとアリーは二階にあるこの隊商宿の一番上等の部屋の、二間続きの奥の部屋に通された。

イエメン人の用心棒たちが四、五人たむろしている。

しばらくしてイスマイルが現れると、いきなりバドルの前に小さな袋を置いた。音で金だとわかる。

「昨日サーリムが来た」

えっ、となった表情の二人におっかぶせるようにイスマイルは続ける。

「甲斐性《かいしょう》なしの主人に嫌気がさしたから俺に身を売りたいとさ。それも処女だから高く買えときた、はっはっは、信じられるかい」

バドルは黙って聞いている。アリーの眼は険しくなった。

「嘘だったら殺していい、そう言った——嘘じゃなかったよ」

頭を垂れるバドルの横で、アリーの眼がうっすらと細くなった。その気配に用心棒たちにも緊張が走る。

「おいおい、あの女から言いだしたんだ、恨まれる筋合いはないぞ。で、その金はこれまで世話になった礼金ってことだ」

バドルはうずくまった、涙がこぼれてどうしようもない。

立ち上がったアリーの手は剣に掛かっている。

「サーリムを連れてこい」低い声だった。

本気だということが部屋中に伝わり、用心棒たちが殺気をはらんで取り囲んだ。

「うーん、どういう事情か知らんが、あの女は戻らんぞ。おい、サーリム、出たければ出てきてもいいぞ」

振り向いたイスマイルが、後ろのカーテンに向かって呼びかけた。

……返事もない。

「連れてくぜ」、言いながら踏み出したアリーの足に、突然バドルが両腕でしがみついた。涙で顔がくしゃくしゃになっている。

「頼む！　頼む！　頼む！」

泣きじゃくりながら必死でアリーを止めた。


フェズまでは約四〇〇キロ、内陸部の乾燥した道である。

香料を積んだ三頭の馬を曳《ひ》いて、アブドゥルたちは西へ往《ゆ》く。

（せめて、抱いてやればよかったか）

悔みと済まなさ、そんなやりきれない気持ちが胸を覆う。

己の無力さと同時に、人の気持ちや考えを見抜く、いわゆる人を観る目の甘さが引き起こしたこの始末が、自分自身で許せないアブドゥルであった。

ほかの三人も各々にサーリムを思っているのだろう、重苦しい旅になった。

後ろの馬の手綱を取りながら、杜環が横を歩くアリーに言った。

「その時、よう暴れなんだの、褒めといてやろう」

「俺だって馬鹿じゃゃねえ」

命を売った女の気持ちを無駄にはできない。

「うむ……あの男にゃ生き抜いてもらおうかい」

「ああ」

二人は、前を行くアブドゥルの背中を見つめた。

7　母の故郷

街道は好天に恵まれ、一行は順調に旅を続けることができた。

途中の街やフンドゥク等で、モロッコの政情やベルベル各部族の動向についての情報を仕入れつつ、フェズの街に辿り着いた。

かつてアラブ軍は、占領した都市にモスク（イスラーム寺院）を中心に新たな市街を築いて「メディナ」と名付けた。

むろん、イスラームの聖地であるアラビア半島のメディナからとったもので、マグリブ各地にメディナがある。

混み入った路地が続くフェズのメディナに入ったアブドゥルたちは、小さな宿を見つけて一旦そこに落ち着いた。

ここにしばらく滞在し、毎日街へ出ては、リフ山脈の南麓に居るであろうアブドゥルの母の出身部族であるナフザ族の情報を集めることにしたのだ。

もっとも、スークを中心に商売がてら噂を集めて回ったのはアブドゥルとバドルで、アリーは売春宿に消えたきり戻ってこない。

杜環はというと、染色革の店が並ぶスークの一角にあるミントティーや果汁を出す屋台がいたく気に入り、水パイプを吸いながら閑《ひま》そうな老人たちを相手に、日がな世間話に興じている。
四、五日たった昼下がり、あちこちのスークをうろついた帰りにアブドゥルとバドルがその屋台へ寄ってみると、杜環と長い白鬚《しらひげ》の老人が何やら妙な言葉で話していた。
話が弾んでいるらしく、身ぶり手ぶりを交えて声も大きい。

「驚きましたね、ヘブライ語ですか？」

傍らに腰を下ろしながら尋ねるアブドゥルに、

「そうじゃ、珍しいから喋ってもろうとる。わしの方は適当に真似しとるだけじゃが、そこは同業者、意は通じる」

「すると、この方も」

「ほいな、ユダヤ人の去勢屋じゃ」

中央アフリカや西アフリカから拉致してきた未開人の少年を去勢し、宮廷内の下僕にする風習は古くからあり、ここフェズだけでなくマラケシュ、ラバトといった現在のモロッコの主要都市には、去勢手術を生業《なりわい》とする者たちが多くいた。

しかしイスラームの教えはこれを禁じていたため、アラブの征服後はイスラームへの改宗者はこの仕事に携わることができず、もっぱら頑《かたく な》に改宗を拒んだユダヤ教徒たちの専業となっていた。

「しかし、こっちのやり方は荒っぽいのう」

「杜環殿も施されたことがあるのですか？」

「いんや、一度見せてもらっただけじゃが、わしの国じゃあもうちっと洗練されとるわい」

「お、これ旨そうじゃないか」

そんな話などお構いなしに、バドルが杜環の前にある皿に手を伸ばすと、

「ハリラじゃ。暑さにバテたときにゃええぞ」

白鬚のユダヤ老人がアラブ語で薦めた。

この地方の伝統的なスープで、現代ではトマト味が多いが、当時はむろん北アフリカにトマトはない。

「この爺《じい》さんとは妙に気が合うての、昨日からいろいろ面白い話を聞かせてもろうたわい」

「わしも東方の珍しい話を聞けて得したわ」

「ははは、また損得かい。そんならいっそイスラームに改宗すりゃよかろうが」

「その方が金儲けもしやすいだろうに。ユダヤ人ってのは金が命なんだろ？」

バドルが口を挟むと、

「それはできんな。金は大事さ、生きるために必要だからな。そんでも国を持たぬ我らにはユ

ダヤの教えこそが国なんでの」

六〇〇年前、ローマ帝国にユダヤの地を逐《お》われたが〝ユダヤ人〟は存在し続け、一二〇〇年後にユダヤの地に戻るまで確《しか》として存在し続ける。

「お前さん、ユダヤ人とは仲良くしておけよ」

彼らの持つ金と情報網は、確かに魅力的だ。

念のため名を呼ばず、諧謔を交えて言う杜環の言葉に、苦笑しながら頷いたアブドゥルを見て、ユダヤ老人はそんな気持ちを見透かしたように、

「ちっちっちっ」人さし指を振りながら舌打ちをした後、その指を上げて、

「わしらの財産はここじゃよ」指で頭をコンコンする。

「そうそう、ユダヤ三〇〇〇年の叡智《えいち》。困ったときは遠くの親戚より隣のユダヤ人っちゅうくらいでの」

言いつつ、杜環はバドルから残りのハリラを奪って啜《すす》った。

「それはタルムード(ユダヤ教の説法集)の言葉ですか」

「うんにゃ、ただの冗談よ、むひょひょ」

「ふほっほほほ」

杜環とユダヤ老人が二重唱で笑う、確かにウマが合っている。

数日後、フェズを出て北へ向かった。

いよいよ母の故郷であるナフザ族のもとを訪れることになった。

リフ山脈の南側で農耕しており、今の族長はギヤロというらしい。

アブドゥルの伯父にあたる男で、母親の腹違いの兄だという。

「アラブに馴染《なじ》まないもんだから、何かっていうと監督府から嫌がらせを受けてるらしい。アラブ人を恨んでるってことはアブドゥル様には追い風だな」

聞き込んだ情報を得意げに語るバドルに、

「そう楽観ばかりもできんぞ。アッバースの目が光っとるし、若いもんの中にゃ今の族長のやり方に反発する空気もあるらしい。それに貧乏しとるから、アブドゥルを売って入る金に目が眩《くら》まんとも限らん」

杜環もユダヤ老人から仕入れたナフザ族の近況を語った。

受け入れてくれるか、どうか――

さらにはウマイヤ家再興の力になってくれるかどうか？

悪くすれば密告、あるいは捕らえてアッバースへ突き出すかもしれない。

頼みの綱は、血を重んじるベルベルの習俗だけである。

街道を北へ、一行は三日ほどでナフザ族の土地に足を踏み入れた。

まずバドルが掛け合ってみて様子を窺うという手も考えたが、初めから疑ってかかるのは相手の誇りを傷つけかねない。

難しいところであるが熟考の末、賭けではあったがいきなり訪れることにした。

「そりゃ危ない！　会ったこともない男なんですよ、何考えてるか判らない相手なんですよ」

バドルが危惧するのも当然である。

「私の身柄を受け入れたことがアッバースに知れたら部族を滅ぼす羽目にもなりかねん、それを承知で誇り高きベルベルの血にすがろうとするのだ。私なら、信じて頼ってきた者でなければ受け入れないだろう」

アブドゥルはすでに腹を決めていた。

「うんうん、虎の児が欲しけりゃ、虎の洞窟に入らにゃなるまいよ」

横から口を出した杜環に、

「なるほど、今のは中国三〇〇〇年の叡智ですかね」

「おひょひょひょ」

冗談の言えるアブドゥルの余裕に、杜環は上機嫌で笑った。


翌日の昼下がり、集落に赴いた。

部族の者に居所を聞くと、ギヤロは畑にいると言う。

近くまで行くと他の三人を残し、アブドゥル一人がゆっくりとそばに歩み寄り、草をむしっていたギヤロに声をかけた。

「族長殿ですか」

振り向いたギヤロが眩《まぶ》しそうに手をかざしてアブドゥルを見た。

「あんたは？」

「アブドゥル・ラフマーン・ブン・ムアーウィア、あなたの甥《おい》っ子です」

少し驚いたギヤロは、まじまじとアブドゥルの顔を見た。

「むう――」しばらく声が出ないようであった。

ゆったりと佇《たたず》むアブドゥルを凝視しながら、さまざまな思い、計算が巡ったであろう。

「……よう来たな、目元が妹に似とるわい」

そう言って微笑むギヤロに、アブドゥルもゆっくり微笑んだ。

伯父にあたる族長のギヤロはアラブの習俗に馴染まぬ昔堅気の男で、身内の絆を尊ぶベルベルの誇りに則《のっと》ってアブドゥルを迎え入れると決めた。

二日目の夜、部族のおもだった者たちを集めて、

「アブドゥルをアッバースに売った者は大金を手にするが、名誉と命を失い、その亡骸《なきがら》は母親から唾を吐かれることになる」

こう言ってアブドゥルを紹介した。

賭けは当たった、身の安全が保障されたのである。

シリアから五〇〇〇キロ、ウマイヤ家が滅んでからすでに四年の歳月が流れていた。

8　杜環の計略

野良仕事を手伝いながらの安穏な日々が過ぎた。

アブドゥルたちも毎日畑に出て、部族の者たちと共に働いた。

ここ数年、命の危険に曝されながらの逃避行を続けたアブドゥルにとって、小麦や空豆の出来具合の心配をする日々が、これほど心安らぐとは思いもよらなかったことである。

ギヤロは身の回りの世話に、寡婦を一人付けてくれた。

三十を少し過ぎた女で、よく気が回る働き者で夜も慰めてくれるこの女に、ムトハという名の十五歳になる一人息子がいた。

くりくりした目が愛らしい、まだ少年の顔だちを残した若者であったが、幼い頃に患った病気がもとで声帯が潰れてしまい、以来口が利けなくなってしまった。

弓が得意らしく、よく山へ行って鳥を猟《と》ってきてくれた。

礼を言うとはにかんで下を向く、その純朴さにアブドゥルは好意を持った。

ムトハも、母親だけで育ったせいか、アブドゥルに対して兄を慕うようなところがあった。

杜環はルバーブというこの地方特有の弦楽器に夢中になり、根が器用なものだからたちまち上達した。

ベルベルに古くから伝わる情熱的なリズムを弾きこなし、女たちの踊りの伴奏などしてたちまち集落の人気者になってしまった。

ちなみに、スペインのフラメンコのルーツは、こうした北アフリカに住む土着のベルベルたちの民族音楽であるともいう。

バドルはというと、若い娘を追い回してねんごろな娘も出来た様子で、毎日を機嫌よく過ごしている。

ただアリーは、部族の若い衆と悶着《もんちゃく》を起こしてしまい、半月ほどでフェズの街に戻ってしまった。

つまらぬ博打のいざこざから、喧嘩《けんか》沙汰にまではならなかったが、もう集落に居られなくなってしまったのだ。

結束の固い集団ほど他所者《よそもの》に対して排他的になるものだが、ナフザ族の若者たちもそうであった。

流れ者のくせに態度の生意気なアリーが、そういう中で熱くなる賭け事をして揉め事を起こさない方が不思議であったろう。

もっとも、本人も退屈していたのでちょうどよかったのかもしれない。

こうして平和で長閑《のどか》な時間が流れたが、三ヶ月ほどたつと、アブドゥルはせっかくの安全な居場所であるナフザ族のもとを離れることにした。

一つは、ギヤロをはじめこのナフザ族の者たちに、アッバースへの反旗を翻す気などかけらもないことを感じ取ったからだ。

大人たちは無用の争乱など起こしたくないし、若者たちはマワーリー（被征服民）に寛大なアッバース朝の下での、個人の出世や部族の繁栄を願う者が多い。

当然であったろう。いくらアラブの影響力の薄いマグリブといえども、すでにアッバース朝の天下は揺るぎないものとなっている。

アッバースへの謀反など言いだそうもんなら、気がふれたとしか思われまい。

むろんアブドゥルは、ギヤロや他の者にもそうしたことは一切語らなかったが、彼らと接するうちに空気で判る。

族長が決めたので仕方なく従ってはいるが、心の内では皆アブドゥルたちを厄介者としか見ておらず、早く出て行ってほしがっていることは明らかだ。

もう一つの理由はアブドゥル自身の問題である。

夢を見た。

縛り付けられた両手足、必死にもがいても外れない、紅い血の雨が降り注ぎ顔も体も真紅に染めている。

数人の影がアブドゥルを見下ろしていた。

ギラつく刃が胸に突き立ち、ゆっくりと腹まで割いてゆく。

影たちが素手で臓腑《ぞうふ》を掴み出し、アブドゥルの目の前で握り潰す……

「う、う、うああ！」

真夜中、がばと起き上がったアブドゥルの全身に汗が噴き出ていた。

（恐ろしいか、アブドゥル）

（アッバースの奴らが恐ろしいか）

（思い出せアブドゥル）

（一族を尽《ことごと》く殺された恨みを！）

（ウマイヤの血を！）

アッバースへの復讐とウマイヤ家の再興――

（ここにいてはできない）

安穏な日々に心が萎えてゆくのだ。

アッバースの追っ手を逃れての逃避行が長く、つらく、苦しかっただけに、ここに居ることの安堵《あんど》感に埋もれてしまいそうになる己に気付いた。

ここを離れる。先の当てなどないが、とにかくここを出る、そう決めた。できることではない。

やはりアブドゥル・ラフマーンは、〝英雄〟と呼ばれるだけの男であったろう。

「そうか、よう言うた、むひょほほ」

アブドゥルからナフザ族を離れると聞かされ、杜環は嬉《うれ》しそうに言った。

「お前さんがこのままここに腰を落ち着けるようなら、わしゃ一人でまた旅立つつもりじゃった。ただの男に興味はないでのう」

女と別れるのが寂しいのだろう、バドルは少しがっかりした様子だ。

「ちゅうてもじゃ、まったく当てもなくうろついてもしょうがなかろう。どうじゃ、占ってやろうか？」

「ははは、杜環殿の占いでは北と出るのでしょ」

微笑を含んで言うアブドゥルに、

「ひょひょひょ、そうよ、アル・アンダルスじゃ」杜環も笑って応じた。

モロッコから北へ、ジブラルタル海峡を越えた現在のスペイン南部のアンダルシア地方を、アラブ人たちはアル・アンダルスと呼んでおり、この時より五十年ほど前にウマイヤ朝イスラームの支配下に入っていた。

海で隔てられているため、アル・アンダルスには今なおアッバース朝に服さぬアラブ人たちが割拠している。

とはいえ、ウマイヤ家の血筋というだけでは、のこのこ出向いて行ったところで相手にもされまい。

欲と欲がぶつかり合って動乱の絶え間がないアル・アンダルスでは、上手くいって一時は旗頭になれたとしても、しょせん実権のない飾り物で、用がなくなれば捨てられ、邪魔になれば殺される。

「しかし、混乱した政情でなければ、私などが浮かび上がれる隙はないでしょう」

「そういうこっちゃな。ともあれこれで目標が出来た、面白うなりそうじゃわ、ふぉほほ」

杜環は機嫌よく笑った。

翌日、バドルがフェズへアリーを呼び戻しに出かける時、杜環もくっついてきた。

「俺一人でいいよおっさん」邪魔そうに言うバドルに、

「わしもちょいと用があるんじゃ」

「用って何だよ？」

「ゆうべ、アブドゥルとも相談しての、手品のタネを仕込みに行くのよ」

ロバに跨がってとことこ歩みだした杜環の後を、バドルは自分の足で追った。

二人が出て行った後、アブドゥルはギヤロに近々に旅立つことを告げた。

複雑な表情で聞いていたギヤロは、少し寂しそうな顔で言った。

「そうか……正直に言うとありがたい。お前のことで部族の中が割れてのう、持て余しとったところじゃ」

「知ってましたよ。もっとも、そのせいで出て行くのではありませんから」

「……で、この先どうする？」

「北へ行こうかと」

「ふむ、アル・アンダルスか」

「アッバースに服さぬアラブは、もはや海の向こうにしかいませんからね」

「わしらのところへも海沿いの部族から誘いが来とったがの」

ナフザ族は兵を送らなかったが、征服戦争にはモロッコ北部を中心にマグリブ各地のベルベル族が多く加わり、今もその肥沃な大地に植民を続けている。

「確かに、アンダルスになら今でもウマイヤ家に心を寄せている者もおろうが、手ぶらで行ってもどうにもならんぞ」

「判っています」

「ウマイヤ家の最後の男子かもしれんお前じゃ、道はそれしかないか……」

どこか人目につかぬ所で穏やかに暮らせとでも言いたかったようだが、ギヤロはあとの言葉は呑み込んだ。


フェズに入ると、杜環と別れたバドルはアリーがいるはずのメディナの宿を訪ねた。

アリーは外出しており、宿の主人が教えてくれた賭場を当たってみると、隅の方で腕枕をしてごろりと寝そべっていた。

腕を買われての用心棒稼業である。

連れ出して、ナフザ族を出てアル・アンダルスへ行く件を告げると、

「ほう、面白えな」

にやりと不敵に微笑んだが、次に気になることを言った。

近頃、カイラワーンからこの街に流れてきた三人連れの男たちがおり、アリーが酒場でちらりと見た時、ピンと来たというのだ。

「ありゃあ賞金稼ぎだな」

「ふうん」さっぱり興味を示さないバドルに、

「馬鹿かおめえは。カイラワーンからこのフェズくんだりまでわざわざ出向いてきたのは、どでかい獲物を狙ってるってこった。ウマイヤ家の生き残った公子、どうだ？」

「ま、まさか！」

アブドゥルの居所が漏れたとは考えにくいが、漏れたとすればナフザ族からか？

それならアッバースへ密告する方が手っ取り早いのに、なぜ賞金稼ぎどもに情報が？

あれこれ考えて悩んでいるバドルを見てアリーが言った。

「おいおい、何もそうと決まったわけじゃねえ」

「そ、それもそうだな」

「杜環のおっさんも来てんだろ？　相談してみようや」

その杜環は、例によってスークの一角にある屋台で水パイプを吸いながら、例の白鬚のユダヤ老人と陽が暮れるまで談笑に耽《ふけ》ってから宿に戻ってきた。

アリーの話を聞くと少し難しい顔つきになり、

「たしかに、気になるのう。しかしまぁちょうどええわい、わしの方で探ってみよう」

「どうやって探るつもりなんだよ？」バドルの問いに、

「遠くの親戚より、じゃ」

「ああ、あのユダヤの爺様か。当てになんのかよ」

「あの爺さん、この辺りのユダヤ人にとっちゃ扇の要よ」

「へえ、そんなたいそうな爺様だったんかい」

「人は見かけによらんのさ、ふほっほ」

翌日、いつもの屋台でくだんのユダヤ老人といつものように談笑していた杜環が、何気ない口調で三人組の流れ者たちの話を始めた。

「お前さん、何か聞いとりゃせんか？」

「いんや」

「ひとつ、調べてくれんかいのう」

言いつつ、杜環が金の入った小袋を差し出した。

袋の内を改めたユダヤ老人が少し首をひねる。かなりの額が入っていた。

「さよう、本題はここからじゃ。その金はほ～んの手付けでの」

杜環の言葉にユダヤ老人の眼が一瞬うっすらと細まったが、すぐにいつもの穏やかな表情に戻っていた。

「北の海岸地帯からアル・アンダルスにかけて噂をまいてほしいんじゃ。髪をこう……」

杜環は手真似を交えて言う。

「後ろで、二つの房に編んだ男が、ウマイヤ王朝を再興するっちゅう予言をな」

「ふむ」怪訝《けげん》な表情でユダヤ老人は杜環を見つめながら、

「……ああ、いつかの若者じゃな」

老人は視線を杜環から空に向けて、何かを探すような様子で懸命に記憶を辿った。

邪魔をせぬよう、杜環は静かに水パイプを吸いながら待った。

「アブドゥル・ラフマーンか！」

瞠目して振り返った老人の目を、杜環はにんまりと受け止めた。

「本物かね？」――杜環の顔は微笑を続ける。

「ふむ、そうか、生きておったんかい……なるほど、母親はナフザ族の出と聞いたことがあったわ」

ユダヤ老人は一旦目を閉じ、三秒ほどで再び開いた目からはもう驚きの色は失せていた。

「しかし…そんな大事をよう話したのう。簡単にわしを信用して大丈夫かね？」

皮肉っぽく笑いながら言うユダヤ老人の言葉に杜環は、

「奴は海を渡ってアル・アンダルスへゆき、そこでウマイヤ王朝を再興する。その暁にはおんしらユダヤ人に大いなる恩恵をもたらすだろうよ」こう応え、さらに言葉を次いだ。

「奇貨居くべし」

「何のこっちゃ?」

「ええ先物ちゅうことよ」

「兵もなく金もない、一介の逃亡者がかね」

「アブドゥル・ラフマーンはこの五年を生き抜いてここまで来たぞ。万人に一人の男と思わんかね?」

「しかし、アッバースへ売った方が手っ取り早く金になるがのう」

「わっちゃ〜、そうなりゃわしゃ死ぬなあ」

ぽりぽりと頭を掻きながら杜環は続ける。

「ところが奴は死なん、そういう男だ」

杜環は立ち上がった。

「もっとも、そうなりゃあんたも、もうここで昼寝はできんがね」

「わちゃ〜〜、殺し屋が狙うかね」

「ほいじゃまた来るでの」言い捨てて杜環は去った。

その頃アブドゥルはすでにナフザ族のもとを離れ、リフ山脈を越えてモロッコの最北端、セウタに来ていた。

騎乗するアブドゥルの馬の轡を、弓を背にしたムトハが把《と》っている。

誘ったわけではないが、部族を離れるアブドゥルに付いてきたのだ。

母親は泣いたが、外の世界に出たがる若者を留めることはできない。

晴れた日、いずれ渡るであろうアル・アンダルスを見るため、アブドゥルはムトハを伴い馬を駆って海岸まで出てみた。

打ち寄せる波音が響く渚《なぎさ》の先に広がる紺碧《こんぺき》の大海原、ジブラルタル海峡の彼方にぼんやりとイベリア半島の影が見える。

少し興奮気味のムトハが指さす方を、アブドゥルも片目をすがめて望み見た。

（意外に近いな）

海の向こう、という意識が遥かな彼方を想像させていたが、実際には十五キロほどの距離だ。

意外に思うのも無理はなかった。

（野辺に屍を晒すか、俺の支配に服すか……）

馬上潮風に吹かれながら眺めるアブドゥルの身体全体へ、見知らぬ土地アル・アンダルスが現実感とともに迫ってきた。

9　勇者の証明

モロッコに居るユダヤ人のネットワークは、アル・アンダルスへ渡るというアブドゥル・ラフマーンに協力することにした。

さほど期待しているわけではないが、駄目で元々である。

ウマイヤ朝の時代は税金（ジズヤ）さえ払っておれば改宗についてはあまり煩《うるさ》く言うことはなかったが、アッバース朝に変わってからのイスラームは厳しく迫っている。

いずれマグリブの土地を追われるかもしれないという不安が背景にあった。

そのときには、海を渡ってヨーロッパに行かねばならぬであろう。

「噂をまく件はもう手配したよ」

「ありがとう」

いつもの屋台で、杜環と白鬚のユダヤ老人は水パイプを手に、いつものように日向《ひなた》ぼっこをしながら話している。

「で、例の三人組の正体は判ったんかいのう？」

「お前さん方の睨んだとおりさ」

「ふ～ん、やっぱり賞金稼ぎどもかい」

「狙いは判らん、手引きした者も判らん」

「ふむ……」

「しかしまぁ、アブドゥル・ラフマーンしかおるまいよ」

「だわなぁ……ちゅうことは、呼び込んだのはナフザ族の中に居る、それしか考えられんな」

「一人は長剣、一人は鎌付き槍、残りの奴の得物はよう判らん」

宿屋の掃除婦にも酒場の給仕にも道端の物乞いにもユダヤ人はいる。それでも、

「判らんかぁ」

「ほいでのう、二日前にこの街を出よったらしい」

杜環は水パイプを吸う手を止めた。

バドル、アリー、杜環、三人の意見が珍しく一致した。

先手を打って賞金稼ぎどもを討つしかない、と。

しかも急がなくてはならない。アブドゥルがセウタで待っていることはギヤロにも告げていないが、この街を出た以上は奴らがアブドゥルの居場所を掴んだとも考えられる。

バドルがセウタへ急行し、杜環とアリーはナフザ族へ寄ってから追い付くという手はずを決めて出立した。

賞金稼ぎどもをどのようにして返り打ちにするかの算段は、ギヤロとナフザ族の様子を観てからのことである。

ナフザ族の集落に入った二人はすぐさまギヤロに会い、事の次第を話して意見を待った。

眼を閉じ、少しむっつりした表情で考えていたギヤロは、ゆっくりと口を開いた。

「そやつらを呼び込んだのは、わしんとこの者じゃろう」

「心当たりがあるのか？」

アリーは配慮というものを知らない、ずばりと尋ねた。

そのアリーの顔をじろっと睨んで、

「誰かは判らん」

おそらく、部族のうちの何者かが、アブドゥルを匿っていることがアッバースに知れるのを恐れて仕組んだのであろう。

金のためではない。部族に居られなくなるし、命を狙われ続けるからだ。

ナフザ族の将来のためだろう。

アブドゥルたちに居着かれては爆弾を抱えたようなものだ。とはいえアッバースに密告はできない。たとえ一時期でも匿っていたことが咎められるかもしれず、ベルベル中に身内を売った部族という汚名が広まる。そこで賞金稼ぎどもに始末させ闇に葬ろうとしたのだろう。

「そんなこっちゃろのう……しかしなぁ族長さんよ、その部族思いの連中はアブドゥルが出て行ってほっとしとるじゃろうが……賞金稼ぎどもは手ぶらじゃ帰らんぞい」

杜環とギヤロの目が合った。

「手は貸さん」

その賞金稼ぎたちを返り討ちにする気だと判り、杜環が先を話す前にギヤロはきっぱりと断った。

戦いに人を出すとなれば、否応なく手引きした者たちが知れるが、ギヤロはこの件は不問に付す気でいる。

アブドゥルが自分の意思でこの集落を出たからには、これ以上部族内に波風を立てたくはない、族長としては当然であったろう。

「仕方あるまい。ところで族長さんよ、アブドゥルの居所はその連中に知れたと思うかね？」

「それはなかろう、わしでさえ北へ向かったとしか知らん」

「ふむ」少しだけ間をおいて杜環は続けた。

「ほんじゃあ一つだけ頼みたい」

「何じゃの」

「アブドゥルはセウタの街に居る。一日置いて、この話を上手く流してくれんかい」

集落の者たちに知れれば賞金稼ぎどもにも伝わる、誘《おび》き寄せるつもりだ。

「引き受けよう」ギヤロにとってはせめてもの償いであったろう。

リフ山脈を越えてセウタへ向かうには、山越えのルートしかない、一本道であった。

峠に小さな村があり、そこのフンドゥク、とは言えぬが小さな旅人用の山小屋にアブドゥルたちは集まり、村の入り口を交替で昼夜問わず見張った。

二日後の夕刻、アブドゥルが見張っていると、アリーから聞いていた風体の三人組の男たちがやって来た。

「網にかかりおったわい」

細かく刻んだハッカの葉を入れた茶、つまりミントティーを啜りながらほくそ笑む杜環の横から、

「もう陽も沈みます、奴らは泊まるでしょうから今夜襲いましょう」

バドルの言葉にムトハも意気込んだが、

「阿呆ぅ、腕に覚えの三人じゃ、危ないわい」杜環が制した。

「……先回りして木陰から矢を放て、そこへ後ろから俺とバドルが突っ込む」

少し間をおいてアリーが言った。

アブドゥルとムトハ、二張りの弓がある。

「ともかくケリをつけておく、その段取りでいこう」

アブドゥルは決めた。

翌朝、東の空が白み始めた頃には、アブドゥルたちはすでに下りの山道を見下ろす脇の木立

の中に身を潜めていた。

　陽は高くなってゆくが空はどんよりと曇っている。二時間ほども待ったろうか、三人の男たちがやって来た。

　一人は槍を手に、一人は長剣を背に、もう一人は素手だがマントを着ている。内に何かを隠しているのだろう。

「おいムトハ、あのマントの奴を狙え」杜環が小声で囁くと、ムトハはアブドゥルを見、アブドゥルも頷いた。

　アブドゥルは槍の男を狙う。

　矢頃に入れば杜環の「射《う》て！」のかけ声で二人同時に放ち、そして背後からアリーとバドルが飛び出すという手はずだ。

　静かな山道に鳥の鳴き声が遠く響く。男たちが近づいてくる。

　――アブドゥルとムトハは片膝つきの姿勢で弓を引き絞った。

　不意に、杜環の合図のほんの一瞬先に、マントの男がこちらを見上げた。

　何事かを感じ取ったのか、ただ単に何気なく見上げたのかは判らないが、ムトハは自分の方を向いたと思い込み、眼が合ったと錯覚した。

「射て！」杜環が低く叫んだ。しかし放たれた矢はアブドゥルの一本のみ。

　その矢が槍の男の胸板に突き立った時、間髪を入れずに抜刀したアリーとバドルが道へ飛び出し疾駆した。

矢を番《つが》えるアブドゥル。マントを撥《は》ね上げ猛然とこちらへ向けて駆け登ってくる男の両手には短剣が握られ、腰の辺りにさらに十本ほどの短剣が見えた。

アブドゥルの二の矢が飛んだが躱《かわ》されて、後方の木に突き立つ。再び矢を番えるアブドゥル、三の矢を躱されれば投剣の間合いに入ってしまう。

「射て、射たんか！」狼狽した杜環がムトハの背中を押したが、

「あ、あ」喉の奥から声とも言えぬ音を吐き出すが、ムトハの身体は固まってしまっていた。

道では、背の長剣を引き抜いた男が、突進してくるアリーとバドルに向かって走りだした。

双方凄《すさ》まじい勢いで走り、激突する直前、アリーがどん！　とバドルを横へ突き飛ばして意表を衝《つ》く。が、長剣の男は構わずアリー目がけて跳躍した。

同時にアリーは地面に転がり、両者の振った閃光《せんこう》は上下で交叉《こうさ》した。

くるぶしから下の二本の足が地面に落ち、長剣を握った男の絶叫が響いた。

ごろごろっと転がってから立ち上がったアリー、後も見ずにアブドゥルたちの方へ駆け出す。

三の矢は男の脇腹を掠めただけであった。

さらに矢を番えるアブドゥルに男の投じた短剣が飛来し、危うく避けると背後の木に鋭い音をたてて突き立った。

まだ遠い、しかも下から。ここは勝負とアブドゥルは大胆にも立ち上がって弓を引き絞った。

　しかし男の動作が速い、二投目の稲妻がアブドゥルの太腿を切り裂いた。

　構わず両足を踏ん張り狙いを定めるアブドゥル、腰から抜いた三投目を肩に振りかぶる男、刹那、

「こっちだ！」アリーが男の背後から吠《ほ》えた。

　一瞬、男の視線が流れたのと同時に、アブドゥルの放った矢が腹に食い込んだ。

　どすんと尻餅をついて斜面を転げ落ちながらも、男はアリーに短剣を投じた。

　キィンと剣で弾いたアリーは、駆け寄りざまに男の心臓を正確に貫いた。

　道では、バドルが二人の男にとどめを刺し終えていた。

「ふ～～、やれやれ」

　杜環は杖《つえ》を肩に、ずるずるっと木の根っこに座り込んでしまった。

　その横で、弓と矢を掴んだまま肩を落として震えているムトハの頬げたを、

「役に立たねえガキだ」そばに来たアリーがいきなり張り飛ばした。

　太腿の傷を手当てし終えたアブドゥルが見やると、ムトハは地面に転がったまま泣いている。

　マントの男がこちらを振り向いた時、〝人間〟を意識してしまったのだろう。

　山鳥や獣ならば百発百中の腕を持っていても、人間を殺すこととはまた別だ。身体が固まってしまったのも無理はない。

　しかし、アブドゥルはそれでいいと思った。

初めての殺人を躊躇いなく行える者は異常者である、従者にはできない。

ムトハを抱え起こし、目で（解っている）と告げた後、

「次に矢を放てなかったら、お前は臆病者だ」こう言って許した。


「耳寄りな話を仕入れたぞい」

アブドゥルがナフザ族のもとを離れて二ヶ月。ある夜、セウタの隊商宿の一室で杜環が上機嫌で言った。

セウタから少し西のタンジェ、今日のタンジールにマギーラ族というベルベルが居る。ナフザ族よりもアラブ化している部族で、族長はジャファルといい、対岸のアル・アンダルスにかねてより野心を抱いているというのだ。

「そのマギーラを率いてジブラルタルを渡ろう」

山羊《やぎ》のシチューを美味《うま》そうにすすりながら、杜環は事もなげに言う。

確かに、ウマイヤ家の影響力の残るアル・アンダルスに、名君ヒシャームの孫を陣頭に立てて乗り込むことは、マギーラ族にとっても損ではない。

「でもなあ、言っちゃ何だがアブドゥル様には兵も金もない。これといって伝手もないし、ウマイヤ家の血筋ってだけでそいつらにアブドゥル様を担がせることができるかなぁ」

そう言うバドルに、

「ふん」さも侮蔑しているといった顔つきで杜環は言う。

「あれがないからできない、これがないからできないと愚痴ばかり垂れる奴はのう、要するに能がないのよ」

「何だとぉ！」いきり立つバドルを、

「まあ待て」アブドゥルが穏やかに制した。

手のひらで転がしていた木製のコップを静かに置き、少し間をおいてアブドゥルが言った。

「飾り物であっても、ベルベルは勇者しか認めませんよ」

「お前さんは勇者じゃよ、証を見せれば認めるさ」

「でも、どうやって？」心配げにバドルが聞くと、

「ハッサンを斃《たお》せばよい」

これまた事もなげな顔で言ったが、これには四人とも驚いた。

ハッサンといえば、この辺りでは名の響いた闘剣士である。怪力を誇る巨漢で、両手に持った大剣を稲妻のように振るうという。

なるほど、勇を示せるだろう。

「斃せるかな」アブドゥルの声は落ち着いている。

「俺の聞いた話じゃあ」アリーが珍しく口を挟んだ。

「ハッサンてのは、両腕の剣を風車みたく振り回すって噂だ。それにな、残忍な野郎で腕や足

を斬り飛ばしといて、のたうち回りながら命乞いするぶざまな姿を客に見せて喜ばせるそうだぜ」

「そ、そんなぁ！」バドルは青ざめた。

「なに、負けりゃどのみち死ぬわさ」

名残惜しそうにシチューの皿を置きながら言う杜環に、

「おい！　無茶なこと言うなよな!!」

バドルが掴みかかって喚いた。

「ええい、そう喚くな、痛っ、その手を離さんかい。あのな、お前さんのご主人様の欲しいものはの、命も懸けんで手に入る代物じゃありゃせんのじゃ」

「死んじまっちゃ元も子もないだろ！」

「勝ち目はある——ハッサンというのは愚か者だ」


まず、バドルがマギーラ族に渡りをつけることにした。

用心棒にアリーを連れ、この地方で作られるハイクという肌触りのいい良質の綿布を買い付けにエジプトから来た旅の商人、という態でタンジェの街に入った。

マギーラ族は元来遊牧の生活を送っているが、タンジェの街に住み着いている者たちもおり、バドルは日干し煉瓦《れんが》を作るマギーラ出の職人から、部族の今居るであろう場所を聞くと、半日もあれば行ける近くに居るという。

「やっぱりあれかい、アンダルスへ渡るつもりで海の近くへ来てるのかい？」

「そういう噂じゃがのう」

煉瓦職人はあまり興味のなさそうな言い草である。

「あんたは渡ろうとは思わないのかい、アンダルスは地上のパラダイスなんだろ」

「わしらはもう、街の暮らしに馴染んでしもたでのう」

「ふーん、血の気の多い奴らが意気込んでるってわけか」

「ま、ぶんどり放題って噂だからのう、命知らずの若い衆なら仕方ないて」

「族長のジャファルも乗り気らしいな」

「らしいのう」

いろいろ話すうちに、その煉瓦職人から面白い噂話を聞いた。

どこの誰が言ったか判らないが、ある予言が囁かれているという。

「何でもな、髪を二つの房に編んだ男が現れて、いつかどこかで滅び去ったウマイヤ家を再興するっちゅうらしいぞ」

二人は目を見合わせ、心中ほくそ笑んだ。

それからさほど日数をかけずに、バドルたちはマギーラ族と接触できた。

上手く話をつけ、アブドゥルとマギーラの族長ジャファル、それにおもだつ者たちとの会談の段取りをつけることができた。

用心のため場所はタンジェから少し東の海岸、砂浜に円座しての会談となった。

砂浜の切れ目にナツメ椰子が点在するほかは何もない、見通しの利く場所である。

ジャファルは眼つきの鋭い、いかにも強欲そうな中年男で、他のおもだつ者たちも似たり寄ったりの印象を与える。品はないが、戦になれば頼もしかろう。

一時間ほどであらかたの話はまとまり、合意はできた。

野心家だけあって、ジャファルはアブドゥルにリーダーとしての非凡な資質を見抜いて大いに気に入った様子で、他の重臣たちも魅せられたように彼を見つめている。

アブドゥルの放つただならぬ愴気が、戦士たちの心を捉えたといえよう。

(こやつ、本当にウマイヤ朝を再興しよるやも)

同席していた杜環も、心中改めて瞠目した。

アンダルスでの分け前についても折り合いがついたが、事はそれだけでは決まらない。

ジャファルが問いかけた。

「アブドゥル殿、はたして貴方《あなた》に神の思し召しがありましょうか」

「ある」

「証を見せていただきたい」

「いいだろう、闘剣士のハッサンを打ち負かしてみせよう」

どっ、と笑いが起こった。もちろん嘲笑である。

「集落の広場にハッサンを呼べ、五日後の陽が真上に来た時だ」

それからゆっくりとその隻眼を巡らせ、

「今嘲笑《わら》った者どもよ、お前たちはアブドゥル・ラフマーンの足元に接吻するのだ」

アブドゥルが言った――少しの間をおき、

「インシャラー」マギーラ族の男たちは唱和した。


「どこへ行くのです」

「山じゃよ」

翌朝、杜環はアブドゥルを誘って少し険しい山の方角へロバの足を向けた。

アブドゥルも騎乗し、轡はムトハがとっている。

山裾まで来ると馬とロバはムトハに預けておき、二人は歩いて登っていった。

杜環はしきりと空を見上げ、アブドゥルは黙ってついてゆく。

少し分け入った辺りで不意に、

「ほれ、サクルじゃ」杜環が空の一点を指さした。

見上げると一羽のサクル（鷹《たか》）が舞っていた。

山の中腹にある見晴らしのよい場所に腰を落とすと、杜環は隣に座れと脇を示した。

鷹は、晴れた空に翼を広げて悠々と弧を描く。

しばらくその鷹の動きを追っていたアブドゥルに、不意に緊張が訪れた。

野兎《のうさぎ》を見つけた鷹がすい、と羽根をすぼめて急降下したのだ。

バサッ！

音まで聞こえたようだった——鋭い爪が一撃で野兎を仕留めた。

「見たかね」

「えぇ」

「では、帰ろう」


ナツメ椰子《やし》の並木の向こうに海が見える広場だった。

その日、マギーラ族の男たちがひしめくように周りを取り囲む広場に、細身の直刀、ダマスカス剣を手にアブドゥルは立った。

向こう側に上半身裸の壮漢、ハッサンがいる。

口元に残忍な薄ら笑いを浮かべながら、ブンッ！　ブンッ！　と、たいそうな音を響かせては両手に持った湾月刀を威嚇的に振り回す。

貴族のなれの果てなど敵ではないとたかを括っている。

料金受取人払郵便

新宿局承認

2524

差出有効期間
2025年3月
31日まで

(切手不要)

郵便はがき

1 6 0-8 7 9 1

1 4 1

東京都新宿区新宿1－10－1

(株)文芸社

愛読者カード係 行

ふりがな お名前		明治　大正 昭和　平成　　年生　歳	
ふりがな ご住所	□□□-□□□□	性別 男・女	
お電話 番　号	(書籍ご注文の際に必要です)	ご職業	
E-mail			

ご購読雑誌(複数可)	ご購読新聞 新聞

最近読んでおもしろかった本や今後、とりあげてほしいテーマをお教えください。

ご自分の研究成果や経験、お考え等を出版してみたいというお気持ちはありますか。

ある　　ない　　内容・テーマ(　　)

現在完成した作品をお持ちですか。

ある　　ない　　ジャンル・原稿量(　　)

<table>
<tr><td>名</td><td colspan="5"></td></tr>
<tr><td rowspan="2">買上
店</td><td rowspan="2">都道
府県</td><td rowspan="2">市区
郡</td><td>書店名</td><td colspan="2">書店</td></tr>
<tr><td>ご購入日</td><td colspan="2">年　月　日</td></tr>
</table>

書をどこでお知りになりましたか?

1.書店店頭　2.知人にすすめられて　3.インターネット(サイト名　　　　)

4.DMハガキ　5.広告、記事を見て(新聞、雑誌名　　　　)

の質問に関連して、ご購入の決め手となったのは?

1.タイトル　2.著者　3.内容　4.カバーデザイン　5.帯

その他ご自由にお書きください。

(　　　　　　　　)

書についてのご意見、ご感想をお聞かせください。

)内容について

②カバー、タイトル、帯について

弊社Webサイトからもご意見、ご感想をお寄せいただけます。

ご協力ありがとうございました。

※お寄せいただいたご意見、ご感想は新聞広告等で匿名にて使わせていただくことがあります。

※お客様の個人情報は、小社からの連絡のみに使用します。社外に提供することは一切ありません。

■書籍のご注文は、お近くの書店または、ブックサービス(0120-29-9625)、セブンネットショッピング(http://7net.omni7.jp/)にお申し込み下さい。

「ウマイヤ家の男は今日でいなくなる！」

そう呼びかけて挑発するハッサンに、アブドゥルは黙したまま応えない。

「余計なことをくっ喋る口じゃわい」杜環が呟くと、

「今の言葉で熱くなったな」アリーがアブドゥルを見ながら言った。

「ふむ、ほ〜〜、あの男にしちゃ珍しいのう。しかしま、あの様子じゃと熱くなったのは胸ん中で、頭はちゃんと冷めとるわい」

彼らは少し離れた場所にいる。

以前、片目だと間合いが測りにくいとアブドゥルから相談された時、アリーは言った。

「拳を叩き込むつもりでやりゃあ間合いなんざ関係ねえ。んなことより、びびっちまって踏み込めなきゃ終わりだ」

恐怖心から相手を大きく見過ぎてしまう心理を言ったのだ。冷静に相手を見定められるかどうかが生死の分かれ目となろう。

「ところでおっさん、勝ち目ってのは？」問うアリーに、

「遊びでなぶるつもりの阿呆ぅに、この五年を生き抜いてきた男は斬れんぞい」

ひょほほ、杖を肩にいつもの調子で杜環はほくそ微笑《え》んだ。

傍らではムトハが心配気にそわそわと落ち着かず、バドルは目を閉じぎゅっと指を組み合わせて、

「アッサラーム！　アッサラーム！　アッサラーム！」

神よ守り給へ、と懸命に祈りを続けている。

「ええい、うるさい奴っちゃのう、ちっと静かにせんかい」

キッ！　として睨むバドルに、

「それにのう、胸を貫くも首を刎《は》ねるも、剣は一本あればよい」

ここでニヤッとして杜環は続けた。

「ああいうのをわしの国では〝蛇の足〟っちゅうんじゃ」

「おっさんの国の蛇には足があるのか？」

「黙って見とれ！」


合図はない、両者の気が合った時が始まりだ。

いつしかざわめきが絶え、広場の空気が凝縮されてゆく……

すたすたとアブドゥルが進み出た。気負いもなく普段どおりの歩き方だった。

視界がハッサンの顔に集中し、歩みざま鞘《さや》を払った。

あと六歩、ハッサンの薄ら笑いを浮かべた口元が目の前いっぱいに広がった。

脳裏に野兎を襲った鷹が映る――あと五歩――

刹那！　飛び込みざまに突き出したアブドゥルの剣先が、侮りを含んだハッサンの口中にすべり込んだ。

何がどうなったか、ハッサンの目はきょとんとしたままだった。

こんな奴はいなかった——何の躊躇いもなく、いきなりこの俺に向かって飛び込んでくる奴など——

ぐりん、剣をひねると噴き出す血に混じって舌が飛び出た。

すい、と剣を引く。

どうっと倒れるハッサンを見向きもせずに、アブドゥルは血の滴る剣を北の空、アル・アンダルスへかざして叫んだ。

「マーシャラアーーー!!」——神は思し召し給うた。

次いで、大歓声が爆発した。

マギーラ族の戦士たちは今その目で見た。

我々を未知の大地へ誘《いざな》う男が、将来を託すべき頭領が、神の思し召しに適う勇者である事実を見たのだ。

感動と興奮が歓喜へと沸き上がり、地響きをたてて戦士たちが駆け寄ってきた。

争って足元への接吻を奪い合う彼らに揉まれながら、アブドゥルの隻眼はナツメ椰子の並木の彼方に広がる大海原を見据えた。

飾り物ではない、我が下知に水火も辞さぬ精悍な戦士たちを率いてアル・アンダルスへ乗り込むのだ。
野望への第一歩を踏みだした。

第二章　アル・アンダルス

1　イスラームとイベリア半島

スペイン――イベリア半島の歴史は征服の歴史である。

最初に文明らしきものがもたらされたのは紀元前二五〇〇年頃らしい。のちにギリシャに文明を起こすエーゲ海周辺の住民が錫《すず》や銅などを求めてやって来たのが始まりで、それ以前のイベリア半島の土着民の様子はよく判らない。

植民しつつ、つまり征服を重ねながら農業技術を広めた。

紀元前九〇〇年頃からはピレネー山脈を越えて北方のケルト人も征服、移住、混血を始め、紀元前六〇〇年頃には都市が現れる。

フェニキア人、つまり強国カルタゴの支配が及んだ紀元前三〇〇年頃から、はっきりと地中海文化圏に組み入れられ、かのハンニバルは「カルタゴ・ノヴァ」（新カルタゴ）と呼んだ。

ハンニバルが敗れカルタゴが滅んだ後は、ローマの属州となる。

紀元前一三三年、ケルト人最後の砦《とりで》、ヌマンティアを陥《お》としてイベリア半島全域に支配権を確立したローマ人は、その後イベリア半島を完全にローマ化した。

五世紀初頭、フン族に逐《お》われたゲルマン人の一派、ヴァンダル族が侵入して六〇〇年にわたるローマの支配を終わらせると、彼らは一旦は半島南部に定着した。

これ以後、スペイン南部はヴァンダル人の土地、「アンダルシア」と呼ばれることになる。

ところが四二九年、同じゲルマン人の西ゴート族が南下してヴァンダル族を海の向こう、北アフリカへ追い払うと、今度は彼らが土着した。

ゴート族は元々スカンジナビア半島を発祥とするため金髪や碧眼《へきがん》が多く、先住のローマ人との同化が進むうちに次第に減ってゆくが、西ゴートの貴族たちの多くは貴族間の婚姻を重ねてその純血を守り通したという。

ともあれ、少数の西ゴート族が多数のローマ人を支配する体制が約三〇〇年続いた後、八世紀初頭にアラブ人が登場する。


アラブに古い伝説がある。

セウタは北アフリカのモロッコ国内に在るが、現代でもジブラルタル海峡を挟んで飛び地としてスペイン領になっており、アンダルシアに西ゴート族が蟠踞《ばんきょ》していた時代も西ゴート王国の飛び地の領土であった。

このセウタの領主ユリアヌス伯爵（一説には大商人であったともいう）が、慣習どおり愛娘を行儀見習いのためにイベリア半島中央部にあった西ゴート族の都、トレドの王室へ送ったところ、西ゴートの最後の王となるロドリーゴが、この娘を力ずくで犯して妊娠させてしまった。

アンダルシアに残る古い俗謡では、娘はカーバ姫といい、タホ川で水浴びしているところを、通りがかったロドリーゴ王が見て恋慕したことになっている。

ともかく、娘は泣いて父親に訴えた。

激怒したユリアヌス伯爵はロドリーゴ王への復讐のため、アラブ軍にアンダルシア侵攻を勧め、その手引きをしたという。

馬や鷹など、北アフリカの珍しい産物を王都へ送っていたユリアヌスは、王へこう報じたといわれる。

「今まで見たこともない珍しい鳥を陛下へお贈りしましょう」

マグリブ、北アフリカを征服し終え大西洋に達しても衰えぬイスラームの勢いが、ジブラルタル海峡を越えてヨーロッパへなだれ込むのはエネルギーの法則であった。

七一〇年、ダマスカスのカリフはまず偵察を命じ、マグリブ総督は先遣隊としてベルベル人隊長タリーファに一〇〇騎と歩兵四〇〇人をつけて、アル・アンダルスへ渡らせた。

スペイン最南端のタリーファ岬は彼の名がつけられたものだ。

タリーファはそこから北東の街アルヘシラスを襲い、多くの財宝と美女を略奪して帰還した。

七一一年春、ベルベル人首長ターリクの率いる一万二〇〇〇のアラブ軍（大多数はベルベル人）がアル・アンダルスへ上陸し、イスラームの本格的な征服が始まる。

上陸地に大きな岩山があったので「ジャバル・アル・ターリク」（ターリクの山）と名付け

ると、その地は訛ってジブラルタルと呼ばれ、地中海西端の海峡の名となった。

昨年来、この日のあることを予期していた西ゴート王国では、ロドリーゴ王自身が五万の大軍を集結させて迎え討ち、両軍はバルバテ川で激突した。

戦いは七日間続き、結果はアラブ軍の大勝利に終わった。

この一戦で西ゴート軍が壊滅した上にロドリーゴ王も行方不明になったため、以後、西ゴート王国は大規模な反撃を行えなくなってしまった。

戦いに馴れた勇猛なベルベル人の奮戦もさることながら、勝敗を決したのは反ロドリーゴ派のゴート貴族たちの裏切りであった。

前王ウィティザを暗殺して王位を簒奪《さんだつ》したロドリーゴに不満を持つ、第一王位継承権者であったアギラ王子と彼の支持者たちが、アラブ軍に寝返ったのだ。

元々内通しており、アラブ軍の侵攻を手引きしたのも彼らだとする説もある。

ターリクは軍を三方に展開し、自らは本隊を率いてトレドへ急行、ほとんど抵抗もなく西ゴート王国の首都を陥落させて財宝と美女、莫大《ばくだい》な戦利品を獲得した。

この報せを受けたマグリブ総督ムーサーは、イベリア半島制圧を完遂すべく翌七一二年夏、アラブ人を主力とする本軍一万八〇〇〇を率いてアンダルスへ渡るのだが、ターリクへは即座に帰還する命令を発した。

捨て石のつもりであったベルベル人たちに、これ以上美味なる果実をもぎ取られてはかなわないし、名声や栄光はアラブ人のものでなければならない。

しかし奇跡的な大勝利に意気揚がり、未曾有《みぞう》の戦果に浮かれてしまったターリクとベルベル人たちは、この命令を無視して遠征を続け、未知の獲物を求めては次々に諸方の都市を荒らし回った。

さしたる抵抗もなく破竹の勢いで進撃し、その勝利の容易さがますます彼らを舞い上がらせ、襲撃と略奪に狂奔させることになった。

遅れてやって来たアラブ本軍も略奪しながら北上し、ムーサー総督はトレド西方のタルビラの街へターリクを呼びつけた。

ムーサーはターリクに向かって命令違反を厳しく叱責した後、裸にして鎖に繋いだ彼を自ら鞭打《むちう》った。

翌七一三年、合流したアラブ・ベルベル軍は、イベリア半島北東部へ進出してサラゴサ等主要都市を相次いで陥落させ、さらに現在のポルトガル領にあたるサンタレム、リスボンなど西端地方へも軍勢を派遣して制圧した。

こうしてイスラームは、イベリア半島全土をたった四年で征服してしまった。

ムーサーはカリフ（ワリード一世）からの帰国命令を受けると、息子のアブドゥル・アディーズをアンダルス総督（「アミール」と呼ばれる）に任じてシリアへ去った。

初代アミール、アブドゥル・アディーズは、亡きロドリーゴ王の妃を妻にして旧体制との共存を図ったが七一五年、つまりすぐに暗殺されてしまった。

アラブの伝承では、彼が妻の影響でキリスト教に改宗してしまったからだといい、あるいはアンダルスの分離独立を恐れたカリフが暗殺使を送ったという説もある。

この後十七年間に六人のアミールが次々と立ち、その間に都はコルドバに遷《うつ》った。

そして七三二年、とどまることを知らぬ奔流のように思われたイスラームの波濤《はとう》も、ようやくピレネー山脈で止まることになる。

名高いトゥール・ポワティエの戦いで、フランク王国の宰相カール・マルテル率いるキリスト教勢力にヨーロッパへの侵攻を阻まれたのだ。

これ以後はガリシア、アストゥリアス、そしてピレネー西部のバスクといった北部の地方にイスラームの影響は及びにくくなり、アラブ・ベルベル人たちは旧西ゴート王国領、つまりアル・アンダルスを中心に定着することになる。

後世の史家には、

「この時イスラーム軍が勝っていたら、オックスフォード大学ではバイブルの代わりにクルァーン（コーラン）が講義されていただろう」とまで言う者もいる。

七四〇年、モロッコでベルベル人の大規模な反乱が起き、カイラワーンから三万の鎮圧軍が派遣されたが、セブー川で大敗を喫し、一万人にまで減じた生き残りたちはアンダルスへ逃れた。

最初にアンダルスに住み着いたアラブ人を「パラディーユーン」（後に西欧の騎士を表す「パラディン」と語源は同じ）と呼ぶのに対し、この時のアラブ人たちは「シャーミーユーン」と呼ばれ、両者は土地をめぐって争い、戦争にまで発展した。

七四三年、マグリブでの事態を重んじたダマスカスのカリフ（ヒシャーム）は、シリア人を主力とする強力なアラブ軍五万を派遣した。

反乱を一掃した後、マグリブ総督は新たにアブル・ハッタールをアミールに任じてアンダルスへ渡らせ、パラディーとシャーミーの間の調停をさせた。

しかし、新総督の行ったこの時の土地の分配をめぐって、アンダルスに新たな確執が生じることになる。

アラビア半島南部出身のイエメン系の諸部族に有利に裁定したため、カイス族を中心とした北部出身の諸部族が反発したのだ。

七四五年、カイス系の有力者スマイルは、勢力を糾合してアブル・ハッタールに反旗を翻し、ついには捕らえて処刑した。

新アミールにはシャリーフ（高貴な血）を看板にしようと、名族クライシュのフィフル家から選んだユースフを擁立した。

アンダルスにはすでに、マグリブ総督やシリア本国からさえ介入されるのを嫌う自主自立の気運があり、七五〇年、アッバース朝が成立しても、スマイルとユースフはこれに忠誠を誓わなかった。

アラブ、ゴート、ローマのピラミッド型三重構造から成るアル・アンダルス。被支配層のローマ人、ゴート人は不満を抱き、支配階級のアラブにもアラブ人とベルベル人、パラディーとシャーミー、カイス系とイエメン系、紛争の火種は尽きることがない。不満と欲望が渦巻き絡み合う混沌《こんとん》とした坩堝《るつぼ》のように、アル・アンダルスには動乱の絶え間がなく、四十年で二十人のアミールが現れては消え去った。

古い伝承にいう――澄んだ空と輝く海、甘い果実と美しい娘たち、アッラーはアル・アンダルスが望むものをすべて与え給うたが、天国を地上に移すことになるため最後の願いだけは叶えなかった――平和を。

アル・アンダルスの大地は、渇いた喉が水を求めるように、強力で優れた統治者を待ち望んでいた。

2　セビリアのサラ

アブドゥルはまず、密使としてバドルをアンダルスへ渡らせることにした。

シリア出身者が多く、ウマイヤ家に忠誠の志厚いシャーミーユーンの有力者たちの支持を取り付けるのが目的であった。

「お前だけじゃ頼りないで、わしも行こうわい」

水パイプを吹かしながら言う杜環に、バドルが顔を渋く歪めた。

だがこれはアブドゥルとも打ち合わせたことで、バドルの付き添いもあるがアンダルスのユダヤ人たちとの繋ぎの役目でもあった。

最後にアブドゥルは、セビリアにいるサラという女性に会うことも命じた。

彼女については後に述べるとし、七五四年の夏、二人はユダヤ商人の小船に乗ってアル・アンダルスへ渡った。

この時アンダルスでは、北方のサラゴサで起こった反乱鎮圧のため実力者スマイル自身が出張り、一旦は城を陥としたものの逆に包囲され、半年近くも籠城を余儀なくされており、ユースフも飢饉《ききん》続きで兵糧が調わぬため救援に赴けず、コルドバに釘付けの状態であった。

コルドバに入った二人はユダヤ人街へ行き、コルドバでの指導者の一人で、革の染職人の親方という男を訪ねた。

すでに急達されており、現在の詳しい情勢を聞くことができた。

「スマイルは保《も》つかいのう」杜環が見込みを尋ねた。

「ようやくカイス系の連中が出張ったというが……」

「ほーう」

「間に合うかどうか、際どいところじゃろう」

スマイルが死んだ場合、飾り物のユースフでは国は治まるまい。アブドゥルにとっては有利な情勢となる。

生き残ったら、二つの選択肢があろう。

反スマイル派をまとめて現体制を倒す。

もう一つはスマイルと組んで、今のアミール、ユースフを追い出してアブドゥルがアミール、いやカリフに就く。

もっとも、敵に回せば損だと思わせる実力がなければならないが。

「どっちにせよ、アンダルスでの勢力をまとめねばのう。ところで二つ房の、例の噂話は広めてくれたんかい」

「ああ、アンダルス中に流しはしたがの」

「で、ウマイヤ家のために馳《は》せ参じてくれそうな連中はおるかいな」

「んな奴ぁおりゃせんよ」

「ひぉっほほ、はっきり言うのう。ほんじゃウマイヤ家の旗を担いでもええっちゅう欲張りどもは？」

「シャーミーではハーリド、ほかにはあと二人ほどおるかのう」

「ほいほい、今どこにおる？」

「みんなサラゴサへ行ったよ」

「ふむ、親スマイル派っちゅうわけじゃな」

「スマイルを叩くならアバル・サッバーフ、この男を抱き込むんじゃな」

「誰ぞい？」

「イエメン族の中でも知られた頑固者での、殺しても飽き足らんほどスマイルを憎んどる」

「ふ〜ん、頼りになるんかい」

「歳は食っとるがの、戦になりゃケダモノだわ」


杜環とバドルは、ともかくすぐにサラゴサの情勢を見極めるべく北へ急いだ。

同時に染屋の親方から聞いたハーリドや、他の者にも渡りを付けておくつもりである。

サラゴサではいよいよ降伏開城という間際に、救援軍が駆けつけることができた。

城を取り囲んだ反乱軍と睨み合う格好になり、城内のスマイルは反乱側と撤退についての交渉を始めていた。

殺気立つ軍陣の中で、バドルたちは首尾よくハーリドに面会する機会を得た。

ここではバドルが弁じた。

ウマイヤ家の血を受け継ぐアブドゥル・ラフマーン公子が、精強マギーラ族を主力に五〇〇〇の軍兵を率いてアル・アンダルスへ乗り込まれる、お味方くだされればウマイヤ家の白旗の下にアンダルスに平和が訪れ、されば勲功は第一となり、ましてやウマイヤ家に近かった貴方のこと、新しいカリフが恩と思うところは大でありましょう、と。

「五〇〇〇、か」ハーリドが片頬で嘲った。

「ぶっちゃけて言うと三〇〇ってとこです」

にやりとして言うバドルがさらに、

「ほいでもマギーラが起《た》つのは本当ですし、縁続きのベルベルたちも引き込めますよ」

こう説くと、ハーリドは少し色気を出し始め、あれこれと尋ねてくる。

(食いつきやがった)ほくそ笑みながら、嬉しさは隠して応答した。

「しばらくはここにおったらええ」

ハーリドが最後にこう言い残して席を立つと、

「ほかの連中と相談ぶつつもりじゃな」

「手応えありってか」

杜環とバドルは目元を緩ませ、小さく頷き合った。

結局スマイルは無事に撤退し、コルドバへ軍を返した。

帰路、ハーリドたちシャーミーからアブドゥル・ラフマーン擁立の話を聞かされ、これを受け入れた。

ハーリドたちにすれば、パラディーを押さえて利権拡大のよい機会だし、窮地から助け出した今ならスマイルも否とは言えまいと踏んだのだ。

スマイルも、アッバース朝から分離独立するにはちょうどいい駒が入ったと思った。

帰陣に同行していた二人に、ハーリドはスマイルが承諾したからさっそくタンジェにいるアブドゥルに報せろと告げた。

大いに喜ぶバドルとは別に、杜環は訝しげに首をひねった。

「ど〜もその、物事が上手くゆきすぎじゃのう」

「なーに、上手くゆくときゃこんなもんさ」

バドルは屈託もなく笑った。

しかし杜環の不安どおり、コルドバへ戻るとスマイルは前言を翻した。

別段、ユースフの顔を見て憐憫《れんびん》の情が湧いたわけではない。

スマイルも馬鹿ではない。いろいろ思案を巡らせているうち、次第にアブドゥル・ラフマーンという男が大人しく飾り物で収まっているとは思えなくなったのだ。

いずれアンダルスの実権を奪うであろう危険人物にほかならない。

ハーリドたちには先に承諾した手前、アブドゥル・ラフマーンが着いたならば相応の地位を与えて厚遇するとだけ言っておいたが、妙な動きをすればすぐに潰してしまう腹であった。

ハーリドたちシャーミーは憤慨しはしたが、今のところスマイルと袂《たもと》を分かつまでの気はなく、アブドゥルのアンダルス入りは当分、状況を静観するしかなかった。

事の次第はまず伝書鳩で報じた。

ユダヤ人の組織によって、三日ごとにアルへシラスを中継点に、ジブラルタル海峡を越えてタンジェまで鳩が飛ぶ手はずが整えてあった。

とともに、十日に一人、連絡員がアブドゥルのもとまで行く。

報せを送ってから二人は、アバル・サッバーフに会いに西南のセビリアへ出向いた。

しかしアブドゥル・ラフマーンからの密使などに興味はないのか、会うとも何とも返事もよこさず、言伝《ことづて》を頼んだ男も迷惑そうに二人を追い払った。

仕方なく二人はアブドゥルの言い付けどおり、サラという女性を訪ねて同じくセビリアのトッチーナに道をとった。


ロドリーゴに暗殺された先の西ゴート王ウィティザには息子が四人いた。

嫡子のアギラは戦乱の中で亡くなり、残ったオルモンド、ロムロ、アルダバストの三人は、アラブに協力して各々セビリア、トレド、コルドバに領地を与えられた。

アルダバストは上手く立ち回ってアラブ人に取り入り、都がコルドバに遷った際に、裁判権や収税権を持つ自治の最高責任者（コメス）に任ぜられた。

オルモンドが亡くなると、幼い遺児たちに代わって後見人という名目でその領地を預かり、そしてそのまま兄の領地を横取りしてしまった。

オルモンドの娘がサラである。

黄金の髪とサファイアの瞳、古きゴートの血を受け継ぐこの公女は、ゴート人だけでなくローマ人農民からも慕われ、のちにサラ・ラ・ゴート（ゴートのサラ）と尊称された。

奪われた土地を取り戻すべく、叔父アルダバストに何度も掛け合ったが、そのつどのらりくらりと躱され続けた。

アルダバストは、この美貌の姪《めい》に言い寄ったともいわれる。

アラブ人の有力者たちも、アルダバストの根回しが効いていて相手にしてくれない。

とうとうサラは決心した。ダマスカスのカリフに直接会って訴えようと。

もし自分が戻らねば武力で奪い返すべく家臣たちに言い置いて旅立った。

七四〇年、サラは十七歳であった。

この頃がウマイヤ朝の最盛期で、時のカリフはアブドゥルの祖父にあたるヒシャームであった。

四十人の役人が正しい方法での徴税だと認めない限り、一枚の貨幣も国庫へ納めなかったという逸話が残るほど為政者として厳格であったという。

名君の誉れ高く、民に愛されたこの祖父をアブドゥルは終生鑑《かがみ》とした。

シリアの都ダマスカスに着いたサラは、〝ルサーファ〟と呼ばれる都から少し離れた砂漠の離宮でヒシャームに謁見することが許された。

この時アブドゥルはまだ十歳、ナツメ椰子の木陰から、ゆっくりと歩を運んで通り過ぎるサラを見た。

遥かな遠い国からやって来た異教徒の娘、好奇心から覗き見たのだが、少年ながら思わず息をのむその美しさは強く心に残った。

サラはヒシャームに事実を告げ、跪《ひざまず》いて救済を請うた。

ヒシャームはすべて知っていた。

サラの目的、事情、背景、そして断ればアンダルスに及ぼすであろう影響も。

アルダバスト、ひいてはアンダルス総督であるアミールの力があまり大きくなるのは本国としては喜ばしくなく、そして旧ゴート貴族の反乱はセビリアだけでなく、アンダルス全土にさらなる混乱をもたらすであろう。

会う前からすでにある程度はそのつもりであったが、サラに会ってはっきりと決めた。

辺境の一領主の遺児に過ぎぬ身で、イスラームの頂点たるカリフに直訴すべく万里を越えてやって来たその気丈さを……そして自分を助けた場合の利益や反乱の用意もあること、そうした賢《さか》しらで余計なことは言わずにただただ助けを乞い願うその聡明《そうめい》さに……ヒシャームは好意を持ち、そして見込んだ――この娘に恩を売ってもよかろうと。

となれば半端なことはせず、アミールへの指示だけでなくサラの今後の立場も慮《おもんぱか》って、有力な支援者も伴わせた。

信を置くラフム族の族長家から来て近従として侍《はべ》っていた、ウマイラという青年をサラの婿にして送り返した。

二人の近侍だけを連れて細々とダマスカスにやって来たサラは、ラフム族の精鋭百数十騎に護《まも》られてアル・アンダルスへ帰った。

ヒシャームがここまでしたのは、もちろんウマイヤ朝の利害を考えてのことではあるが、やはりサラという娘に惹《ひ》かれたのであろう。


タンジェのマギーラ族のもとにいるアブドゥルには、アンダルス情勢が逐一報せられたが、彼は一喜一憂はしなかった。

ウマイヤ家に忠誠を誓った者たちの協力を得ることが捗々《はかばか》しくなくとも、スマイルが心変わりしたと聞いても、さほど落胆はしない。

十歳の時、次期カリフと目されていた父ムアーウィアが死んで周囲の態度が変わった。十三歳、庇護《ひご》者の祖父ヒシャームが亡くなると、カリフ位に就いたワリード二世は次期カリフ位を争うアブドゥルたちの家系を疎外し、有力な支持部族は離れた。

ワリード二世は即位した翌年には亡くなったため殺されずに済んだが、生きていればいずれ粛清されていただろう。

アッバースに敗れてのちの潜伏、そしてユーフラテス川へ飛び込んでからの長い逃避行。

忠誠だの恩義だのと言ったところで、しょせん人は利己に走るもの、心変わりするものだということをアブドゥルは肌身で知っている。

貴種ゆえに傅《かしず》かれるとの考えの、なんと愚かなことか。

サラに会えと命じたのも、さほど期待してのことではない。

なるほど、芯から恩義を感じはしただろう。しかし十数年前の話であり、それは祖父ヒシャーム個人への気持ちにほかならない。

ウマイヤ家への恩義？　元々西ゴート王国を滅ぼしたのはウマイヤ朝イスラームである。サラにしてみれば本来アラブ人はすべて敵であり、領地や財産を守り抜くためにはより力ある者に接近せねばならない。落ちぶれた公子に肩入れしても将来の見通しは暗かろう。

そんなことは承知の上で会いに行かせた。駄目で元々、なにがしかの助力を得られれば儲けものである。

追っ手の影に怯える旅の中で、アブドゥルは常に相手の立場なって考える癖が身についていた。

セビリアは穀物はむろん、オリーブや無花果《いちじく》など果物も豊かに実る肥沃な土地である。

眩《まばゆ》い陽光の下に草花も咲き誇る。

「まさにこれこそ不老不死の妙薬じゃ！」

サラの館の中庭で杜環が唸《うな》った。

若い娘が口元まで運んでくれた匙《さじ》の中の新鮮な蜂蜜をたっぷりと口へ含むと、そこへ別の娘が手渡す高価なガラス杯に注がれた葡萄酒を流し込み、

「うむうむ、ここの蜂蜜は絶品じゃのう」

緩みきった顔でしきりに感心する杜環の横で、仏頂面のバドルが桃を貪るように食いながらジロリと睨んだ。

「そう恐い顔すんなって。わしゃ方士じゃでのう、養生長命の法を探るんは使命なんよ」

「ったく、ここへ何しに来たか忘れてんじゃないのかおっさん！」

美しい娘たちにかしずかれながらも、バドルは悶々と苛立《いらだ》っていた。

サラとウマイラは二人に会ってくれたが、「旧恩お忘れなくばヒシャームの血流アブドゥル・ラフマーンに御助力を」と願ったバドルの言葉にウマイラは答えず、サラはにっこり微笑んだだけであった。

以来、二人はサラの手厚いもてなしを受けて、半月ほどもこの館に滞在していた。

「あのサラって女ぁ、一体何考えてやがんだ」

「うっほ、このチーズもいけるぞい」

能天気な杜環に腹を立てたバドルが、チーズを横取りして自棄《やけ》食いする。

「あのなあ、そうイライラしてもはじまらんぞい。ほ～れ、娘たちが恐がっとるじゃろが」

「うるさい！」

バドルは、サラは肝心のことをはぐらかしたまま態よく追っ払う腹だと睨んでいた。帰ろうとすると引き止めるのは、外聞を気にする貴族の見栄であろう。

こうして二人はずるずるとサラの館に留まっていたが、数日後には館を去った。


七五五年一月、年を越してから杜環が一旦タンジェへ戻ってきた。

アンダルスの政情は不安定で、北部（主にサラゴサ）はコルドバ政権の命に従わず、イエメン系の連中はスマイルを憎み、ベルベル人もまたアラブ至上主義のスマイルに反感を抱いている。旧ゴートの貴族連中は日和見で、農民は争乱に倦《う》み疲れていると、詳しくアンダルス情勢を述べた。

そしてシャーミーやイエメン、マギーラと通じているベルベルの中から、アブドゥル・ラフマーンの旗の下に馳せ参じそうな者の名を幾つか挙げてから、

「アブドゥルよ、海を渡るのは春を過ぎてからじゃのう」

と、杜環は見通しを語った。

「スマイルは再びサラゴサへ征きますか？」

その時がチャンスであろうというアブドゥルの問いに、

「うむ、奴ぁ去年の雪辱を果たさずんば顔が立つまいよ」

「でしょうね……その、アバル・サッバーフはどうでしょう」

「判らん、偏屈な親父らしいで」

「ふむ……で、ユダヤ人たちとは？」

「ぶっははは!!」

突然、杜環が大笑いしたのでアブドゥルは面喰らった。

「ユダヤ人たちゃ大喜びさ。何せ将来のために仕方なく自腹を切るつもりじゃったのが、アブドゥル・ラフマーンが有り余る軍資金を出してくれたんじゃからのう」

「どういうことです？」

訝しげな面持ちで尋ねるアブドゥルの肩を杜環はバンバン叩きながら、苦笑まじりのアブドゥルの顔を覗き込んで、

「サラじゃ、サラが大盤振る舞いしてくれよったんじゃ、ほひょほほ」

バドルが痺《しび》れを切らして帰ると言うのを引き止めていたサラが、数日後に帰りの馬車の仕度ができたと告げた。

二人が乗り込むと、車輪が軋《きし》むほどの金貨、銀貨が積み込まれていたという。

「感謝の言葉を百万言並べたところで意味はあるまいよ。あのサラという女、まこと恩義に報いる気持ちを見事に形で見せよったわい」

護衛も付けてコルドバまで送り届けてもらったという次第。

「バドルの奴ぁ、その金を方々にばらまいて、お前さんの味方作りに走り回っとるよ」

「サラの夫は何も言わなかったのですか?」

「ああ、ウマイラか。領地や財産のことはすべてサラが取り仕切っておるで、あの男は狩りをしたり牛を突っ殺したりして遊んでばかりさ」

不得要領な面持ちのアブドゥルに、杜環は言葉を接いだ。

「わしの観るところ、あの男はサラを守れという亡きカリフの言い付けを生涯貫く気だな。サラの身に何か起これればポンと命を投げ出しよるじゃろ」

サラといい、ウマイラといい、亡き祖父の遺徳にアブドゥルの頭は垂れた。

「ただ、サラはアンダルスの覇権争いに加わる気などないじゃろうから兵は出さんな——そうそう、サラからの言伝があったわ」

「何です?」

「ご武運を、とな」

3　アバル・サッバーフの信服

この年の春を過ぎてもスマイルは動かなかった。

ジャファルをはじめマギーラ族の男たちは次第に焦《じ》れてきたが、アブドゥルはスマイルがよほど入念にサラゴサ遠征の準備をしていると観ていた。

初夏になって、待っていた知らせを運んできたのはタンマームという男であった。イスラームの征服当初からアンダルスに渡っている。

ウマイヤ家への忠誠厚いと評判の人物で、バドルの働きかけで最も熱心なアブドゥル支持者になっていた。

スマイルがサラゴサ遠征に出発したと告げ、アブドゥルの支持者たちはすでに各地で待機しており、先のハーリドたちもサラゴサ遠征に加わってはいるが、途中で離脱する手はずになっていると報じた。

（ほう、バドルの奴め、ようそこまで事を進めよったな）

杜環の感想どおり、バドルの活躍は大であろう。

「殿下に心を寄せる者どもを代表してお迎えに参りました」

目を潤ませながら言うタンマームの言葉に、アブドゥルはむろん、そばにいたアリーやムトハも身の内が震えた。

時節《とき》は来たれり、出陣の触れにマギーラの戦士たちは奮い立った。

コスタ・デル・ソル——太陽の海岸。

今日、世界有数のリゾート地となっているこの海岸線に、アルムニェカルという小さな港がある。

タンジェから東北へ二〇〇キロほども離れたエルビラ地方の港である。七五五年の秋、アブドゥル・ラフマーンはここに上陸し、初めてアル・アンダルスの大地を踏みしめた。

最短のコースで上陸できなかったのは、海峡付近の代官たちに「アブドゥル・ラフマーンが現れたら討て」とのスマイルの命令が届いていたからである。

スマイルにしてみれば当然で、北で大戦《おおいくさ》をせねばならんのに、南からややこしいのに来られてはかなわない。

アブドゥルたちはひとまず、ローハという所にあるアブー・ウスマーンという支持者の邸宅に落ち着いた。

しかし、マギーラ兵三〇〇にタンマームとアブー・ウスマーンの手勢を加えて六〇〇騎もの人数が集結しては、隠し遂《おお》せるものではない。エルビラの代官の知るところとなり二〇〇〇の兵が討伐隊として差し向けられたと、地元のユダヤ人から報せが入った。

多勢に無勢、今迎え撃つのは得策ではないと判断し、一旦付近の山中に隠れ状況を窺うことにした。

ユースフを伴って出征したスマイルは、サラゴサを一挙に陥落させて昨年の雪辱を果たし、その帰途にアブドゥル・ラフマーン来《きた》るの報に接した。

一〇〇〇にも満たぬ兵でエルビラの辺りに潜伏していると聞き、コルドバへは寄らず、返す刀でこのまま一気に討ち取ると全軍に告げてしまった。

これはスマイルの失策であったろう。

陣中には親アブドゥル派もおり、また戦に倦んで連戦を厭《いと》う気分から、離脱する部隊が相次ぎ、とても長駆エルビラまで軍を引っ張ってゆくことなどできなくなってしまった。

これはスマイルの統率力の弱さというよりも、元々アラブ人やベルベル人たちには束縛されるのを嫌う不羈《ふき》の気性がある上、スマイルの政権自体が有力部族の連合政権的なものであったために仕方のないところであった。

結局、一旦コルドバに戻ったスマイルは、その冬の間を通してアブドゥルの懐柔に努めた。エルビラ地方の代官職を与えると言ってみたり、我が娘を妻にどうかと申し出たりしている。むろん、態勢を立て直すまでの時間稼ぎで、春になれば一挙に叩き潰す腹づもりである。

アブドゥルの方も撥ねつけて決裂するような真似はせず、条件次第では折り合いを付けてもよいと思わせる応対をしながら時間を稼ぎ、秘密裏に諸方へ使者を派《つか》わして、盛んにスマイルに対する不満分子たちに工作した。

年が明け七五六年初頭、アブドゥル軍は西へ向かって静かに移動を始めた。

親アブドゥル派を糾合するためで、まずレイヨ地方に向かった。

アブドゥル軍の訪れを知ったレイヨの有力土着アラブ人たちは、マルチドナに参集して会合を開き、アブドゥル・ラフマーン支持を採択した。

むろん陰でバドルと杜環、それにユダヤ人組織が動いている。

レイヨに入ったアブドゥルの下へは、山岳部のロンダ地方からもベルベル人四〇〇騎ほどが駆けつけている。

次いでシドニアでも兵を加え、セビリアに入るとカルブ族の大立者ヌアイムらがやって来て、春の兆しが見え始めた頃には、六〇〇騎でエルビラを出たアブドゥル軍は三〇〇〇を数えるまでの兵力に膨らんでいた。


「あの男がやって来んのう」

「例の頑固者ですか」

仮の本営とした大樹の陰で、例によって水パイプを吸い付けながら言う杜環に、別段残念そうでもない様子でアブドゥルは応えた。

アバル・サッバーフにはセビリアに入る前にもう一度バドルを遣わしたが、今度も会えず、取り次ぎの者に口頭で参陣を促しただけであった。

「えらくご執心ですな」

アブドゥルが少し揶揄《やゆ》する調子で杜環の本意を訊《たず》ねた。

「来《きた》るべきスマイルとの一戦には是非とも欲しい駒なんじゃ。アブドゥル・ラフマーン開運の大一番の先鋒にゃあ、もってこいの男だわ」

「しかし、ま、海で泳いでる魚は市場じゃ売れませんよ」

捕らぬ狸《たぬき》の皮算用、という意味のアラブの諺だ。

そんなやりとりから今後の方策などをあれこれ話している時であった。コルドバのユダヤ人組織からの急使が、スマイルが突如と言えるほどの性急さでコルドバを進発したと伝えてきた。グアダルキビル川北岸を六、七〇〇〇の軍兵を率いて西へ進発したという。

途中で合流する部族も含めると、おそらく一万五〇〇〇ほどになろう。セビリアのアブドゥル軍を壊滅させるには十分な兵力である。

もう少し時間があればさらに兵を加えることができたろうが、スマイルにすればその時間を与えるわけにはゆかない。

今がスマイルにとっての戦機であった。

「さて、どうするかね？」

尋ねる杜環に、アブドゥルは微笑みながら答えた。

「迎え撃ちますよ……派手にね」

杜環は丁と膝を叩き、嬉しげに頷いた。

ここで消極策を採れば、集まった族長連中の心が離れよう。何はともあれ積極的な行動に出ることが、今のアブドゥルには肝心であった。

そのことをちゃんと心得ていることが杜環を喜ばせた。

すでに陽は暮れていたが、すぐに軍議が開かれ、席上誰しもが要害の地に展開し地の利を得た上での迎撃策を唱えたが、アブドゥルは意外な作戦を示した。

現時点ではいかに地の利を得ようと、これだけの兵力差があっては勝ち目は薄い。

そこでスマイルの裏をかいて逆に東へ急進し、空になった首都コルドバを占拠する。そして籠城しつつ各地の反スマイル派の蜂起と救援を待つ、というものであった。

もし途中で敵と遭遇すれば間違いなく粉砕されるであろうが、無事コルドバへ入城できれば戦勢は逆転する。

危険な賭けではあるが、

「博打も打たずに寡兵よく大敵を制することなどできまい」

とのアブドゥルの言葉に、集まった族長どもの戦士の血が滾《たぎ》り、意気も高く、

「インシャラー！」の唱和が夜空を衝いた。

兵糧の準備がないとの声も挙がったが、辿り着くまでは夜を日についで駆け通し、コルドバ城内で腹を満たすほかはない。

直線距離でいえば約二〇〇キロだが、むろん舗装された道路があるわけではない。川沿いの曲がりくねった街道を三〇〇〇の軍兵が行くのだから、どんなに急いでも六、七日はかかろう。

事は一刻を争う。各々陣に戻って今夜中に仕度を整え、明日は暁とともに出陣と決まった。
二、三時間は眠れるか、ともかく諸将大慌てで席を蹴立てるように軍議の場を後にした。

増水期のグアダルキビル川を挟んで、北岸をスマイル軍が西進し、南岸をアブドゥル軍が東へ急行する――アブドゥル・ラフマーンの初陣は奇妙な展開となった。

翌朝、いや夜明け前にムトハがアブドゥルを揺り起こした。

見張り番がアバル・サッバーフの使いの者が来たと告げるので、すぐに身支度して会うと、駆けに駆けてきたのだろう、汗と埃にまみれた使者は、

「主人は東への街道脇にいます」

そっけなくこれだけを言い置いて去ってしまった。

アバル・サッバーフ自身がスマイルの動静を常に探っていたのだろう、コルドバを出て西へ向かったと聞いて、こりゃ憎っくきスマイルを討つよい機会とばかりに、急遽《きゅうきょ》アブドゥル軍に参陣すべく駆けつけてきたに違いない。

「何だ今の使者の態度は。だいいちどうして手前ぇ自身が来ねんだよ！」

バドルの憤慨はもっともだが、おそらく昨日今日アル・アンダルスに来たばかりの若造に臣従できるか、今回だけは助けてやろうといった気でいるのだろう。

「呼び付けりゃいいんですよ、軽く見られちゃほかの連中にもなめられます」

「バドルの言うことも珍しく一理ある。今のお前さんにゃあ威厳ちゅうのも大事じゃぞい……それでも会いに行くかね」

杜環も反対気である。

「とにかく会ってきます」

会わずに臍《へそ》を曲げて帰られたら、それこそ頑固親爺の一人も取り込めない器の男かと、集まった族長連中に嗤《わら》われるだろう。

アリーと二騎、ムトハに轡を取らせて出向いた。

アブドゥルはアバルという男にさほど不快感を抱いてはいない。むしろ正直者だと思う。集まった族長連中にしても、腹は皆アバルと同じだろう。自分を担ぎ上げるのはスマイルよりもより多くの土地、利権、権勢を得られるからで、臣下の誓いも旗色が悪くなれば古ターバンのように投げ捨てるだろう。

陣営を離れた道の脇に篝火《かがりび》が焚かれてあり、それらしきテントが見えた。

少し手前で馬を降りて近づいてゆくと、テントを開け放った中の敷物に、緑のターバンを巻いた壮漢が寝転がっていた。

アリーが一歩前へ出て番兵にアブドゥル・ラフマーンだと告げると、顎をしゃくってテントを示した。

（長年このアンダルスで身体を張り、血を流し、命を懸けて戦ってきた。ウマイヤ家の貴公子だか何だか知らないが、戦に出たこともない生っ白い若造の風下に立てるか。ほかの連中のように、美味《おい》しい獲物にありつくために、今まで見たこともない流れ者を建て前だけ主君として奉っておくなんぞという尻の痒くなる真似ができるかい。ここに来たのはあのスマイルをぶち

殺すためよ）

　こうしたアブドゥルに対する主人の侮りが部下たちにも伝わっているのが判る。確かにアバル・サッバーフは不遜、無礼であった。

　うっすらと険しい眼をするアリーを抑え、アブドゥルはすたすたとテントの前まで進んだ。気配を感じてむっくり半身を起こしたアバルは、立ち上がりもせず怠《だる》そうなまなざしでアブドゥルを見上げた。

　篝火にアブドゥルの顔が揺らぐ。

「突っ立っとらんで、座ったらどうだ」

　ぽんぽんと傍らを叩きながら言う言葉には、

（どうだ、俺の力が欲しかろう）という響きが混ざっている。

　アブドゥルの隻眼は二秒ほど、正面からアバルを見据えて、

「私の座る場所がない」言い切って踵《きびす》を返した。

　立ち去るべく馬に跨がり手綱を引いて馬首をめぐらそうとした時、アバルが慌てて走り寄ってくると、アブドゥルの馬前で額を土につけて拝礼するや、そのまま、

「御陣に加えてくだされいっ！」

　咆哮《ほうこう》するような大音声で参軍の許しを願った。

　アリーとムトハ、周りにいた彼の将兵たちは呆気《あっけ》にとられている。

「もうすぐ夜が明ける、遅れるな」

これだけ言って、アブドゥルは馬首をめぐらせた。

アブドゥルたちの姿が遠のくと、部下の一人が腹立たしげに、

「親父《おや》っさん、どうしてあんな野郎に……」不満を漏らすと、

「馬鹿ったれえ！」

ごつんと拳固を食らわせてから、アバルは去って行く騎乗のアブドゥルの背を指さして吼《ほ》えた。

「あんな野郎だとぉ、アル・アンダルスの王に何てことぬかしやがる！」

アバル・サッバーフの新手を加えた三五〇〇余のアブドゥル軍は、グアダルキビル川の南岸を東へ、コルドバを目指して急進した。

もっとも、杜環のロバでは歩兵の足にも及ばぬため、バドルと二人は後から来る。

アブドゥル軍は糧食の準備もせぬまま出発したため、兵たちは沿道の果実や豆などをもぎ取っては口に放り込んで空きっ腹を凌いだという。

急行軍と空腹で兵たちに疲れの色が濃くなり始めた頃に、アバルが騎行しながらアブドゥルの横に馬を並べて言った。

「殿下、兵どもがへばっとりますわ。ここらでいっちょう景気づけでもせにゃあ」

「ふむ、何かよい考えがあるか」

「そうですのう……そういやぁ旗が見えませんな」

「軍旗か、今まで気付かなんだが、何か代わりになる物があるかな」

「ほんじゃこれを……」

アバルが頭に巻いていた緑色のターバンを外して、

「槍の先に引っ掛けて、取りあえずの軍旗としましょうや。こんな物でも先頭にぶわぁっと翻ったらぐっと盛り上がりますぞ」

さっそくそばにいた体格のいいマギーラ族の青年兵を旗手に任じ、受け取ったターバンを襷をとっていたムトハに渡して結んでやるよう言い付けると、

「おおっと待て待て。進軍中に槍先を下に向けるなあ縁起が悪い、木に登って結んでやれや」

古強者《ふるつわもの》だけに、アバルはこういった軍陣の作法もよく知っている。

近くのオリーブの木に登ったムトハが、突き出された槍の先に緑のターバンをしっかりと結び付けた。

名誉ある大役に任ぜられて誇らしげに頬を紅潮させた青年兵は、授かった軍旗を高々と掲げて先頭へ進んだ。

「見ろ、我が軍の旗だ！　アッラーは偉大なり、アブドゥル・ラフマーンに栄光あれ！」

旗手の後ろを追いながらアバルが大声で叫ぶと、方々から歓声が応える。

意気上がるアブドゥル軍の将兵たちは、槍先にたなびく先頭の軍旗を仰ぎながらコルドバ目指して駆けに駆けた。

ちなみに、この軍旗は聖なる旗として、一〇三一年にアンダルス・ウマイヤ朝が滅ぶまでの約三〇〇年間、常に王の親征とともに戦塵にまみれた。

古くなっても取り替えずに、新しい緑布を上から巻いたと伝えられている。


アブドゥル軍がようやくコルドバ西郊の渡河地点までやって来た時、ほぼ同時にスマイル軍も北岸に現れた。

スマイルがアブドゥル軍の東進を知ったのは、コルドバを出て十日目頃であったろう。東進、と聞いて初めはこちらに打って出る気かと思ったが、グアダルキビル川の南岸を急行していると聞き、狙いがコルドバであることが判るとさすがに慌てた。

すぐさまとって返し、敵がコルドバへ入城する前に迎撃せねばならないが、すでに一万二〇〇〇ほどに膨れ上がった軍勢は、どうしても動きが鈍くならざるを得ない。

しかし、距離は自軍の方がまだコルドバに近い。城門の守りと敵の渡河を阻むよう命じて、取りあえず二〇〇騎ほどの騎馬隊を先発させてから全軍に反転するよう号令し、彼もまた駆けに駆けてきたのだ。

さすがにスマイルは戦にも長けていた。

アブドゥル軍は多勢に無勢。しかしスマイル側も増水期の無理な渡河は敵の矢に狙い撃ちにされるので、双方渡るに渡れない。

こうして両軍、水嵩《みずかさ》が増して流れも速くなったグアダルキビル川を挟んで、南北に対峙《たいじ》する形となってしまった。

狙いの外れたアブドゥルだが、一旦出撃した以上、このまま引き下がる気はない。

スマイルとて意外な展開に戸惑いつつも、アブドゥル・ラフマーンを討つと息巻いて出馬した手前、小勢の敵を前に城内に引き籠るのは面目が立たないし、かといって川を渡って攻め掛かることもできない。

双方手詰まりで滞陣二日を過ぎた時、スマイルが得意の和平交渉を申し入れてきた。好条件を餌に一旦退陣させさえすれば、放っておいてもアブドゥル・ラフマーンのアンダルスでの立場はなし崩しになるだろうと観たのだ。

スマイルの狙いは読めている。

むろんアブドゥルは応じる気などなかったが、ヌアイムを交渉役に立てて「騙せ」と指示しておいた。

応じる色気を見せて時間を稼ぎ、その間に何か手立てを見つけるつもりであった。

幸い敵方は動く気配を見せない。

危険を冒してアブドゥル軍を打ち破ったとしても、得られるものが少ないからだ。

アブドゥル自身には土地もなければなにがしかの利権を握っているわけでもないし、ここで勝ったからといって参陣している族長たちの領地がすぐさま手に入るわけでもない。

地元へ乗り込んで必死の抵抗を潰すという厄介な戦をせねばならない。

スマイル軍に加わっている連中にとっては、旨味の少ない戦になってしまっているのだ。

一方アブドゥル軍も、数倍する敵勢を前に兵たちの間に不安が広がり始め、もし負け戦となったら駿馬《しゅんめ》に跨がるアブドゥル・ラフマーン本人は逃げおおせるだろうが、駄馬や歩兵は助からない、といった負の噂が流れたりした。

陣中にありがちなことだが、放っておけば士気に関わる——

「一芝居打っておくか」

二日遅れてようやく追い付いた杜環が、こう言ってから台本を書いた。

翌朝、陣中の見回りに出たアブドゥルは兵たちの見守る中、老いてみすぼらしい馬に乗った兵に声をかけ、

「これで手柄をたてよ」と、自分の馬と乗り換えてやった。

兵は感激し、陣中にどよめきが起こった。

「しかしその馬では殿下が……」

そばにいた者が心配して言うと、

「コルドバ市民に迎えられて入城するのだ、手を振ってゆっくり進むさ」

こう言ってその時の模様を現出するかの如く、にこやかに手を振りながらその場を立ち去ると、兵たちの間から歓声が沸き上がった。

この話が瞬く間に全軍に広まったのは言うまでもない。

「うだうだしとらんで夜討ちを掛けましょうや、わしが先鋒になって蹴散らしてやりますわい」

数日の交渉の間に痺れを切らしたのはアバルであった。しきりに夜襲を提言する。

渡河できる浅瀬付近には敵も篝火を焚いて用心しているが、抵抗を覚悟で夜陰に押し渡る、アブドゥルもそれしか手はないと思い始めている。が、問題はタイミングであった。

有利な条件を引き出すふりをして交渉を続けており、話が煮詰まった頃合い、相手が最も油断するであろう時、あと三、四日後の腹積もりであった。

ところがここに、とんでもないことを言いだす連中が現れた。

サキーフ族の若者たちで、川上から泳ぎ渡って敵の背後に奇襲を仕掛けたいと申し出てきたのだ。

確かに敵の目は届いていないが、おそらく半数は溺れ死ぬだろう。

配下のベルベル人たちが言いだしたことで、血気盛んな若者たちがこれに乗った。

彼らを見やると、すでに恩賞と功名心と死の恐怖で眼がギラついている。

その夜に敢行すると決めた。

着衣のままでは泳げぬため、彼らは裸になって水中へ入って行くのだが、この夜、裸で渡河した若者たちは「アル・イルヤーン」（裸）と呼ばれ、後のアンダルス・ウマイヤ朝の貴族イルヤーン家の祖となった者どもであった。

陽が暮れると、アリーを護衛に付けて、バドルをコルドバ城内へ潜入させることにした。川を渡った後、かねてよりユダヤ人たちが用意してあった下水道からの秘密の通路を使って城内に入る。

バドルとアリー、衣服を頭上に結んだ二人はロープで身体を結び、敵陣に気取られぬよう静かに夜のグアダルキビル川に身を入れた。

下流のやや水勢の弱い辺りとはいえ、泳ぎきれねば命はない。

「お前と心中だけは真っ平なこった」

「その言葉、そっくり返すぜ」

二人は憎まれ口を叩きながら懸命に水を掻いて進んだ。

今夜の事の正否は、この二人の暗躍に懸かっている。

一方アブドゥル軍は雲がかった半月の下、時を待った。

そして深更、アバル隊が先鋒となって一気にグアダルキビル川を押し渡った。

身動きの邪魔になるので盾は持たず、雨のように降り注ぐ矢の中を次々に川中に没してゆく仲間を顧みることなく突き進んだ。

ほぼ同時にイルヤーンの群れがスマイル軍後方から襲い掛かった。

人数こそ少なかったが、夜陰のこともあって敵陣は大いに動揺した。

こうなると大軍はかえって不利になる。

そこへ上陸したアバル隊が突入して弓兵を蹴散らし、続いて二陣、三陣とアブドゥル軍の将兵が躍り込んだ。

叫喚と怒号の中、アバル・サッバーフは自ら先頭を駆け、狂い獅子《じし》の如く暴れ回りながら篝火の松明で手当たり次第にテントに火をかけ、逃げ惑う敵を掻き分けるようにして本陣間近にまで迫った。

敵襲、炎と喧騒、暗夜に恐慌を来したスマイル軍は大混乱に陥り、各所で同士討ちが起こり、脱走、逃亡が雪崩のように拡がってゆく——闇の中で勝敗は決した。

夜が明けるとすでに敵兵の姿はなく、コルドバへ戻れなかったスマイルはユースフを伴ってどこかへ逃亡してしまった。

いくら呼ばわっても、コルドバの城門はついに開くことはなかったのだ。

夜の闇に紛れて走ったバドルとアリーが、急遽ユダヤ人たちの連絡網を使ってその夜のうちに民兵団を組織し、隠密裏に展開して城外で戦闘が始まるや、不意をついて城門の守備兵たちを押さえ込んでしまっていたのであった。

4　スマイルの最期

コルドバに入城を果たしたアブドゥルが第一番に発した命令は、略奪、暴行の禁止であった。財宝を奪い婦女を犯すことが恩賞でもあったアラブの慣習から著しく外れたこの命令に、当然ながら不満が募ったが、厳に戒め、取り締まった。

ヌアイムをシュルタ（警察署長）に任命して市街の治安維持に努めさせ、違反して私略を働いた者には戦功にかかわらず刑まで科した。

ユースフの後宮やスマイルの邸宅は殊に固く警護させ、女子供は外部と隔離して安全を図ったという。

この暴行略奪の禁止令はアブドゥルの人気を著しく上げはしたが、反面、アブドゥル・ラフマーンに裏切られたと思った幾人かの族長たちとは、すでにこの時より亀裂を生じることになる。

アル・アンダルスにウマイヤ朝安定政権を築くという大望のためには、まず占領した首都を中心に人心を得ねばならず、たとえ離反者を出そうとも為《な》さねばならぬ処置であった。

ところが離反どころか、アブドゥル・ラフマーンを殺害しようとの謀反の計画まで持ち上がり、これが発覚した。

通報者がいたので未然に防げたが、深刻な事態といえた。いつどこから刺客が飛び出てくるやもしれぬため、タンマームをハージブとして身辺警護に当たらせ、アリーも常に影の如くアブドゥルに寄り添った。ハージブとは本来王宮の侍従長という文官の職であったが、この時期はむしろ親衛隊長という役どころと言えた。

こうしてようやくコルドバ市街に秩序が戻った頃に、アブドゥルはマスジド（礼拝堂）で礼拝指導の儀式を執り行った後、新生ウマイヤ朝の誕生を発表し、アミール位就任を宣言した。

コルドバの人々は今までとは明らかに違う統治者を大歓迎で受け入れ、アル・アンダルスに恒久的な平和をもたらしてくれるかもしれない新王朝を、期待をこめて祝福した。

「何でカリフじゃねえんだよ」

マスジドに群がる民衆の歓呼の中、少々不満げなアリーに杜環が言ってやった。

「メッカに巡礼もできぬ身で、カリフを名乗れるかってなとこよ」

アンダルス・ウマイヤ朝は九二九年にアブドゥル・ラフマーン三世が宣言するまで、この後長くカリフを称することはなかった。

このため金曜礼拝のフトバ（説教）で唱えられるべきカリフの名は、敵であるアッバース朝の王の名であるため、アル・アンダルスでは二〇〇年近く唱えられることはなかった。

ともあれアブドゥル二十六歳、ユーフラテス川に飛び込んでより六年の歳月が過ぎていた。

「アンダルス全土に新アミールの名で来賀の令を出しましょう」

浮かれるバドルに、

「阿呆、まだ早いわ！」杜環が横から水を差した。

アブドゥルもいずれその令を発する気ではいたが、杜環の言うとおりまだ早い。

戦に勝ったとはいえ、スマイル軍を壊滅させたわけではなく単に追い払っただけであり、態勢を立て直せば再びコルドバへ迫るであろうことは明らかであった。

「で、アブドゥルよ、そんときゃどうするぞい」

「もちろん迎え討ちますよ。ただし……」

「ふむ、ただし？」

二人の考えは同じであったが、杜環はアブドゥルに言わせたい、そうと察してアブドゥルは目元で微笑みながらわざわざ言葉に出してやった。

「スマイル相手に泥試合をやっても仕方がないでしょう。実際に戦となる前に上手く交渉しますよ」

えっ、と意外そうな顔をしたバドルの横で、杜環は嬉しそうににこりと笑った。

「でも、アブドゥル様はスマイルの奴と交渉する気なんてなかったんじゃあ――」

「戦の前ではな」代わって杜環が言った。

対陣中に小勢が多勢と交渉するということは、つまりは屈服であろう。が、今は勝利を収めて首都を占領し、敵の妻子をも掌中に握っているアブドゥル側が圧倒的に優位な立場にある。

「交渉なんちゅうもんはそういう場合にやるもんよ。それにのう、今は何ちゅうても体制固めが大事な時期じゃ、新アミールの下でのウマイヤ新王朝を根付かせねばの」

「なるほどね」杜環の説明にバドルも納得した。


スマイルはユースフを伴ってトレドに逃れていたが、トレドの有力者たちの支持を得て再び態勢を立て直すや、五〇〇〇の軍勢を率いて南下を始めた。

当初すぐさまコルドバを目指すかと思われたが、迂回してコルドバ東南のハエンを通過してエルビラに腰を据えた。

アブドゥルはコルドバ近郊の勢力も加えた八〇〇〇の兵をもってエルビラに向かうと同時に、バドルを密使としてスマイルに遣わした。

条件は財産と地位の保全、それに従来どおりコルドバの邸宅に住まいすることも許すという寛大なものであった。

ただ、今までと違うのは、ユースフは単なる飾り物であったが、アブドゥル・ラフマーンは真実のアル・アンダルス王である。

これまで握っていたアンダルスの実権を手放すのは悔しいが、現在の状況を考えれば、この場はスマイルもこの条件を呑まざるを得なかった。

従軍する族長たちの中には、今度こそスマイルの首を挙げると息巻いていたアバルを筆頭にこの和睦に反対する者たちもいたが、アブドゥルはこれを押し切った。

交渉は成立し、スマイルとユースフを伴ったアブドゥル軍は、帰途を堂々の行進をしながらコルドバへ凱旋《がいせん》した。

約束どおりスマイルには元の邸宅に住むことを認め、ユースフには前アミールとしての格式を与えてコルドバ在住を許した。

もっとも、ユースフのハーレム（後宮）はアブドゥルが引き継いで、十人以上いた美女たちはそっくりアブドゥルのものとなった。

間もなくアンダルス各地の諸侯に、コルドバへ祝賀に来よとの命令書を携えた新アミール、アブドゥル・ラフマーンの使者が派遣された。

予想どおり北方のサラゴサと古都トレド周辺、それに西辺境の者たちなどが来なかったが、アル・アンダルスのおもだった領主たちがコルドバに集まった。

祝賀式の当日、謁見の間に控えた諸侯は、玉座に鎮まるアブドゥル・ラフマーンの下手に居並ぶ重臣たちの中に、スマイルとユースフの姿を見ることになった。

ユースフはともかく、スマイルはこのまま収まっているタマではない。いずれ謀反を企てることはその眼の奥の光が物語っていた。

新しいアル・アンダルスの支配者の前で、次々に拝跪《はいき》して祝いと忠誠の言葉を述べる諸侯の中には、サラとウマイラ夫妻の姿もあった。

アブドゥルはその場で特別に言葉をかけることはしなかったが、あとでバドルを遣わし、親しく言葉を交わしたいので数日コルドバに滞在してほしいと伝えさせた。

翌日の午後に、絨毯《じゅうたん》の上にじかに座るアラブ式のくつろいだ小部屋に夫妻を招き、杜環とバドルも同席した中でアブドゥルは改めて軍資金の件について手厚く礼を述べ、肥沃な農地を与えることで恩に報いることとした。

その後は暖炉の前で茶を喫しながらの雑談となったが、夫妻の口は重かった。

この新しい支配者の人となりをよく知らぬ以上、迂闊《うかつ》なことは言えぬ緊張がある。

それでも亡き祖父ヒシャームの思い出話には、寡黙なウマイラが感慨深げに語り始めると、サラも懐かしげに相槌《あいづち》をうち、幾分座が和んだ。

それにしてもサラの美貌は目を引くものがあった。

昔一度見た時のサラは、アブドゥル少年に清烈な印象を残したが、今は三十を越えて成熟した女性の艶やかな香気が漂う。

それに相まって会話や表情の端々に表れる知性にもアブドゥルは惹かれた。

（欲しい）という気がないでもなかったが、それにも増してこの人と接していたいという気持ちが湧き出ていた。

　女に性の対象外の魅力を感じたのは初めての経験であった。

　一時間ほどで夫妻はいとまを乞い、送りがてらアブドゥルが社交辞令として、

「これからのアンダルスについて、何かと教えていただければ幸いです」

と言った言葉に、サラは恭しく頭を下げながら、

「これまでのアミールはアンダルスから奪うばかりでした。新しいアミールには何とぞ……」

こう、言い残して辞去した。

　アル・アンダルスの施政についての意見がありそうに見受けられたが、お互い相手の人物を計りかねている今の段階ではまだ詳しく言えず、聞けなかった。

　年が改まって七五七年、春になる頃からアブドゥル・ラフマーンの噂を聞いてマグリブ各地から、それまで身を潜めていたウマイヤ家に連なる生き残りたちが徐々に海を渡ってアンダルスにやって来るようになった。

「アル・アンダルスに新生ウマイヤ朝が誕生したらしい」

「新しいアミールは、名君ヒシャームの孫のアブドゥル・ラフマーンという男だ」

「あのお尋ね者の賞金首が、今やイベリア半島の支配者だと」

「ウマイヤ家の縁者なら、何をおいても庇護してくれるっていうぞ」

こうした噂をユダヤ人ネットワークを通じて意図的に流しておいたのだ。

王朝の体制固めには、どうしても同族の結集が必要とされるのがアラブ人社会である。

アッバースの苛烈な追及から逃れ得た数少ないウマイヤ家の血流、縁者たちがアブドゥルを頼ってコルドバへ集まってきた。

どの顔もやつれ、生活苦と長旅の辛酸が刻まれている。

アブドゥルは一人一人に会って丁寧にこれまでの苦労話を聞いてやり、ここへ辿り着くために娘など身内を売ったりせねばならなかった者がいれば、すぐに引き取るよう手配りしてやった。

こうして手厚く迎え入れた彼らを、住まいを与えた上で各々に見合った官職に就けた。

その中にアブドゥルマリク・イブン・ウマルがいた。

エジプトに隠れ棲《す》んでいたが、十人の子と眷属《けんぞく》を引き連れてアンダルスへやって来た。

ウマイヤ家の血脈で言うと傍流ではあったが、こののちアブドゥル政権の権力基盤を支える柱石となる。

そしてこの時期にようやく、アブドゥルは息子スレイマンを呼び寄せるべく、バドルをアラビア半島へ遣わすことができた。

二人の妹は嫁いだ以上、ベドウィンの部族を離れることはできまいが、スレイマンだけはどうしても引き取りたかった。

キャラバンを仕立て、十分な金と心きいた者たちを付けて送りだした。

エジプトのアレキサンドリアまでは船で行くので安全だが、その先は敵地である。無事にスレイマンを伴って帰ってこられるかどうか――

マラガの港まで見送りに出たアブドゥルに、バドルは頼もしげに手を振って地中海に消えた。

秋も深まった頃にアブドゥルは、領内の経営に着手したばかりで多忙な中を、セビリア方面から北方にかけて長期の視察旅行に出かけた。

むろん、スマイルの動きに対する警戒に怠りはない。

常日頃から、どこへ行ったか、誰と会ったか、などスマイルの言動については注意深く見張らせてはいたが、留守中は特に監視するようヌアイムに念を押した。

もし兵を起こすような様子が少しでも見えれば、躊躇うことなく身柄を押さえよ、と命じてコルドバを出た。

二〇〇騎ほどの護衛を従えたアブドゥル一行はゆるゆると旅を重ね、実り豊かなセビリアの秋景色の中、サラの館を目指して進んだ。

アリーはおっくうがって来ず、杜環も官舎に籠ってローマ時代から残っている記録漁《あさ》りに没入していたので同行を断り、轡を取るムトハだけを連れている。

サラの館では二日泊まった。

ウマイラは出迎えの時に挨拶しただけであとは姿を見せなかったので、二日の間、アブドゥルはサラとさし向かいでじっくり話すことができた。

「以前あなたは、これまでのアラブ人は奪うばかりだと言われましたね」

「はい」

「これからの統治者はどうあるべきでしょう」

あの時のサラの言葉は、イスラームの侵攻以来絶えることのない戦乱で疲弊したアンダルスには国力の充実、つまり経済基盤の拡充こそが新王朝へ寄せられた民の期待であり、その期待に応えることによってのみ新生アンダルス・ウマイヤ朝は安定政権たり得る、という意味であったろう。

それくらいのことは解っている。アブドゥルが聞きたいのは具体的な施策であった。

サラは語った。

農業生産拡大の革新的な方策――イスラームによってもたらされた西アジアの進んだ灌漑《かんがい》工事の促進、それを実現するための国家規模での統制を。

零細な農民、日本的に言えば小作農家が各々勝手に作業していては無理な話で、大地主の下に組み入れて地域ごとにブロック単位で灌漑事業に従事させねばならない、と。

アブドゥルはこの意見を取り入れた。

これによって今後、アル・アンダルスの農業生産は飛躍的に拡大してゆくことになる。

もっとも、のちには個々の農民たちは次第に農奴化され、地方大地主は中央の指示に従わなくなるという社会構造上の弊害も生み出されてゆくのだが。

ともあれこの時サラが語った農政の大革新こそが、後世のスペイン帝国に繁栄をもたらし、そして千数百年後の今日のスペイン経済の基盤ともなっている。

さらに新作物の導入についてもサラは述べている。

アラブ人がもたらした農作物は多く、綿花、さとうきび、米などのほかにザクロ、桃、オレンジ、メロンといった果物や、サフラン、ジャスミン、すみれなどの草花もある。

しかし、せっかくこれらの新しい農産物をもたらしたアラブ、ベルベルたちは戦に明け暮れており、実際に農業生産に携わるゴート人やローマ人の多くは保守的で、これらの新しい作物にあまり関心を示さないのが実情であるという。

土質や気候などに適した作物を選《よ》るのは歳月と労力がかかるのでもっともな面もあるが、上手く当たれば相当な収入源になる。

サラはすでに自身の農園で幾つか試しており、桃は名産として知られるまでになっていた。

彼ら足踏みしている生産者に積極的に取り入れさせるためには、是非とも税の優遇が必要だと説いた。

この意見にもアブドゥルは従うことにした。

こうして語り合った二日間で二人は互いを深く知ることになり、以後アブドゥルは折にふれて貴重な贈り物をし、サラは御礼の返書のほかにも季節の産物や近況を知らせる手紙を送るなどして、その親愛ぶりは周囲の者たちに実の姉弟かと思わせるほどであったという。

セビリアからさらに西へ足を向け、そしてグアディアナ川を北上しながらアブドゥルは各地の視察を続けた。

ゆるゆるとした旅程は、アブドゥルはもとより随従する一行にとってもよい保養の旅であったが、年が明けた七五八年の新年早々に、アブドゥルの下にコルドバから早馬を駆ったヌアイムの急使がやって来た——ユースフ謀反!

反旗を翻したのは意外にもユースフであった。

病と称して姿を見せずにいたが、その間にコルドバを脱走してメーリダで挙兵、旗下には主にベルベル人の不満分子が集まっているという。

アブドゥルは急遽コルドバへ戻ると、ハーリドを主将、ジャファルを副将として六〇〇〇の討伐軍を遣わした。

スマイルの方はこのたびの謀反に共謀したとして、すでに拘禁して牢《ろう》に繋いである。

ユースフだけならすぐに鎮圧できるであろう。

推測どおり、ユースフはセビリアを衝いたが親アブドゥル派の連合軍に敗れ、トレドを目指して逃走中にアラブ勢に殺され、この反乱はあっけなく終わった。

スマイルには足と、首まで上げた両手に枷《かせ》を施してある。

牢内には衛兵を入れず、アブドゥルは二人きりでスマイルと向き合った。

「このザマを嘲りに来たか！」

座ったまま昂然たる態度を崩さず、アブドゥルの目を正面から見上げてスマイルは吼えた。

「そんなことはしない。あんたが思ってるよりも、私はあんたを高く買っている」

「では何しに来た」

「知ってることがあれば聞こうと思ってね」

「今度のユースフの一件、わしは知らん。拷問にかけても知らんことは話せんぞ」

「そんなことは判ってる」

この言葉に、スマイルは張り詰めた身体から力が抜け、しばらく沈黙した。

「……そうか、そういうことかい」

見上げるスマイルの目に、アブドゥルも目で頷いた。

「ふ、はは、さんざん利用してきたユースフのぼんくらに、最後になって利用されたと臍《ほぞ》を噛んでいたが、あの馬鹿はやっぱり最後まで利用されとったんかい」

「あんたに動き回られると厄介なんでね」

どの道スマイル、ユースフ派が反乱を企てることは判っていた。

かといって理由もなく処刑したり、ましてや暗殺などしようものなら余計に不満分子たちの憎悪を煽《あお》ることになるだろう。

むしろ反乱を起こさせ、膿《うみ》を出した方が得策である。

しかしスマイルに起たれては影響が大きい。

そこでユースフを唆し、チャンスを与えるためにわざと首都を留守にして隙を見せてやった、そういうことであった。

「誰を寄り付かせたんじゃ」

「ハーリドとジャファルを使った」

ハーリドはシャーミーユーンの代表格だし、ジャファルはアブドゥルの近衛兵ともいうべきマギーラの族長である。この二人が味方すると囁けば、いかな意志の弱いユースフでもその気になるだろう。

実際、アブドゥルは論功行賞においてシャーミーたちやマギーラ族をわざと冷遇したため、彼らの不満が募っていることは誰もが知っており、ユースフもこれを信じた。

もちろんこの時のための布石であり、この後相応の領地と官職を与えている。

ハーリドがコルドバ脱出の手引きをしたのだが、馴れ合いになっては気付かれる恐れがあるので、首都の警察長官ともいうべきヌアイムにも伏せたまま事を運ばせた。

「その二人が追っ手か……ユースフならそれでもう腰は砕けたろうな……」

「そのようだな」

ふんっ、と、スマイルは少し苦笑いを漏らした。

「で、今さら何を聞きたいんじゃ？」

「これからの私の役に立つことがあれば。あんたが生き残るために」
五、六秒、枷の嵌まった足元を見つめた後、スマイルは顔を上げ不敵に笑いながら言った。
「幾つかある、だが教えてやらん」

――何もあるまい、最後の強がりだろう。

アブドゥルはその隻眼をスマイルから逸らすと黙って牢を出、侍していた三人の衛兵に頷いた。

スマイルは牢内で処刑された。

5　アル・アンダルスの繁栄

この時期を境に、アル・アンダルスはアブドゥルの指導の下で大いに発展してゆく。

サラの提案どおりに大規模な農業改革に取り組むかたわら、都市部では商工業の発展に力を注いだ。

中部ではガラス製品、それに浮き出し模様やコルドヴァンという呼び名で知られるコルドバを中心に生産された光沢溢《あふ》れる上質鞣《なめしがわ》等の皮革製品が、この時期に生み出されている。

西部では、今日のポルトガルを中心に発達したタイル技術に伴い、アンダルシアの特産品である黄・緑・茶の三彩陶器も作られた。

北部は貴金属の象嵌《ぞうがん》細工や刀剣類、特にトレドで作られた刀剣は、遥かな遠国からも求められるほどであった。

ほかにも毛織物、綿織物、さらに養蚕を盛んに行い、高価な絹織物も生産された。

これらの物産を主に東方に運ぶための港が整備され、海運業が発達し、キャラバンの組織も発展した。

東方と言えば敵であるアッバース朝イスラーム諸地域ではあるが、経済活動が政治の枠を超えることは古今変わるところはない。

イスラーム圏にとどまらず、さらに東の唐という巨大消費地帯へもアル・アンダルスの物産は流入し、そして遥か東海に浮かぶ島国にまで達した。

こうした商工業の発展には、識字率の高いユダヤ人たちの力が大いに貢献している。

国を亡くした彼らの拠《よ》りどころである聖書（旧約）を読むために培った力は、情報の共有、伝達という商工業に不可分なものであった。

アブドゥルは約定どおり彼らを優遇したので、アッバース朝治下で改宗を迫られたマグリブ各地のユダヤ人たちは、続々と海を渡ってアル・アンダルスへ流れ込んできていた。

同時期に官僚機構も整えられ、カーティブ（書記官）、ハージブ（侍従長）といった側近からハーズィン（国庫財務官）、マディーナ（徴税司法官）などの財務官、それにカーディー（判事）、シュルタ（警察長官）、ムフタスィブ（市場監督官）などの内務、司法官なども整備し、首都を中心にピラミッド型の中央集権化を進めた。

ハージブは後世になると宰相的な権力を持つようになるが、これなどは日本の江戸期の御側用人を思わせる。

ただ軍制面では各地方の有力者たちから兵を取り上げるわけにはゆかず、旧態どおり諸侯の連合体の上にのっかる形のままであった。

文化の面においては、この当時までのアル・アンダルスでは文字はラテン語、言葉は俗ラテン語、いわゆるロマンス語が一般的に使用されていたが、アブドゥルがアラブ語を公用語と定めたので、都市部を中心に急速にアラブ語化が進んだ。

また、ウマイヤ朝の伝統どおりイスラームへの改宗を強要はせず、税金さえ払えばキリスト教やユダヤ教も認めたので宗教面での問題は起こらなかった。

ただ、イスラームへの改宗者（ムワッラド）には少しだけ税制面で優遇した。

発足間もない不安定な政権下で、最も厄介な宗教上の問題で煩わされなかったのは、アブドゥルとアンダルス・ウマイヤ朝にとって幸運なことであった。

イスラームの宗派としては、これもまたウマイヤ朝の伝統どおりアウザーイー派（合理的で融通が利く）が主流となったが、後世になると古い慣習に基づく法解釈を択《と》る原理主義色の強いマーリク派が盛んになる。

そして首都コルドバでは城壁の大補修が始められたほか、各都市へ延びる軍用路の整備など盛んに大規模な土木工事が行われた。

また、杜環の意見を容れて飲用水のための上水道を敷設したことは、当時の市民たちから大いに感謝されたばかりでなく、後世〝西方の真珠〟〝世界の宝石〟などと謳《うた》われる首都コルドバの繁栄の基礎となった。

こうした大工事で活気に溢れるコルドバを中心に、アル・アンダルスは人と物資が行き交って繁栄の途を辿り、新王朝のスタートはまさに順風満帆であった。

杜環はコルドバの都市造成計画に熱中し、相変わらず汚れたトーガの腰を粗縄で括っただけの姿で日がな市街をうろついては帰ってきて、アブドゥルにさまざまなアイデアを披瀝《ひれき》する。

「ひゃあっはは、いや〜〜街を造るっちゅうのがこれほど面白いとは思わなんだわい」

まるで新しい玩具《おもちゃ》をもらった子供のようなはしゃぎぶりであった。

「しかし莫大な費用がかかりますよ」

苦笑しながら言うアブドゥルも、首都の建設に金を惜しむつもりはない。

「なぁに、ばらまいた金は人を呼び、その人が、より以上の富を運んできよるわい」

そのとおりであった。アブドゥルにも解っているが、ここにバドルがいたなら、

「いいかげんにしろよ、この都はおっさんの玩具箱じゃねんだぞ」

とでも憎まれ口を叩くところであったろう。

そのバドルが息子スレイマンを伴って帰還したのは七五八年の早春であった。報せを受け、宮殿の奥で待っていたアブドゥルは、たまらず表まで出て迎えた。

スレイマンはすでに十二歳、少年ながらベドウィンの中で揉まれてその体つき、顔つきに逞《たくま》しさが窺えるまでに育っていた。

寄るなり無言で抱き締めた。

ユーフラテス河畔の寒村で別れて以来八年、感慨が腕に力を込めさせた。

この対面に居合わせた人々の中には大声でもらい泣きする者もいたが、気丈にもスレイマンは必死で泣き出すのをこらえていた。

しかしその目に涙が溢れ出すと、アブドゥルの目もまた潤まずにはおれず、それがまた周囲の涙を誘い、この対面の情景は美談として長く語り継がれた。

この後、スレイマンには忠実なタンマームが守り役として付けられ、文武に厳しく養育されることになる。

二人の妹たちはすでに子も生《な》しており、やはり庇護してくれた部族を離れることはできなかったという。

あるいはそれはそれで幸せなのかもしれないと、諦めて納得せざるをえないことであった。

その他マグリブ諸地域の政情などの報告を聞き終えると、アブドゥルは今回のバドルの働きに深く感謝し、その労をねぎらう言葉をかけた。

と、バドルの顔に少し陰がさした。

「どうした、何かあるのか？」

「行った先々でイスマイルのキャラバンについての消息を探ってみたんですが……」

情報は何も得られなかった。

もっとも、居所が判ったところで戻っては来ないだろう。

だからアブドゥルはあえて、バドルにサーリムの行方探しを命じはしなかった。

「申し訳ございません！」

平伏して詫《わ》びるバドルの肩を上げて、呟くように言った。

「お前の謝ることではない、責めは私にあるのだ」


活況を呈するコルドバを中心に、アル・アンダルスの大改革は順調に進んではいたが、こうした変革には必ず既得権にしがみつく守旧派の抵抗がある。

そうした勢力に、遅れて恭順したため権力から疎外されて反発する者たちが結びついて、小規模の反乱が相次いで起こった。

アブドゥルは手持ちの兵力に加え、マグリブから大量のベルベルを招いて武力で押さえ込む方針をとった。

　遠征と、政務と、首都造営の督励。

　アミールに就いてからの六、七年はアブドゥルの生涯の中で最も忙しく、かつ充実した歳月でもあった。

　その頃からバドルたち周囲の者は、アル・アンダルス王たるアブドゥルが顔面の傷を衆目に晒したままでいるのはいかがなものかと眼帯の着用を勧めたが、アブドゥル自身は一向に頓着せず、終生着けることはなかった。これを宗教上の理由からと解する者もいたが、ただ単に蒸れてうっとうしかったのであろう。

　そんな忙しい中ではあるが、コルドバに在る時のアブドゥルは、よくお忍びで市街に出かけた。バドルや杜環たちと共に市井をうろつくのが秘かな愉《たの》しみであったのだ。

　元々シリア出のウマイヤ家の者たちは生っ粋のアラブ人で、気性は激しいが酒や女を愛する陽気な気質を持っている。

　これに対してライバルのアッバース家は、ペルシャ文化の影響が強いため厳格な性質を持っており、これに執念深さが加わるのでどうしても陰湿な印象を免れない。

　この両家の対比は服装にも表れており、ウマイヤ家では白服が、アッバース家では黒服が好まれた。

　そのウマイヤ家の象徴である白い服で身を包み、アブドゥルはしばしばコルドバの夜の街へ繰り出して行った。

そして酒場、博打場、娼館《しょうかん》など歓楽の巷《ちまた》で遊んでいれば、アリーとも落ち合えた。

アリーは宮殿には入らず女を作って市中で暮らしており、裏の社会では早くもいい顔の兄貴分で通っていた。

杜環が一度、

「いっそお前がコルドバを牛耳ったらどうじゃい」と唆したことがあったが、

「めんどくせえよ」アリーは取り合わなかった。

バックにアミールがついているのだからやればできただろうが、子分を抱えたり縄張り争いの駆け引きをしたりなんぞはアリーの性に合わない。

それでもヤクザな暮らしをしているアリーの身辺にはイザコザが絶えず、一度アブドゥルたちも巻き込まれたことがあった。

アンダルシア地方では今日でもそうだが、夏にはサハラ砂漠から〝シロッコ〟と呼ばれる熱風が吹き込むため、眠れぬ夜が続くという。

そんな蒸し暑い真夏の夜であった。

酒場のテラスでアブドゥル、バドル、杜環、それにアリーが集まって呑んでいた。

「ところで、あのガキゃどうしてる?」アリーがムトハのことを聞くと、

「はは、あいつは馬と一緒に寝てるよ」

少し酔ったバドルが、さも可笑しげに言った。

アブドゥルの五頭の乗馬の世話係として馬屋のそばで暮らしており、閑さえあれば独り黙々と弓を引いているという。

「人とは話せないが馬となら話せる、な〜んて噂されとるよ」

杜環も可笑しそうに微笑んだ。

お忍びの外出に誘うこともあったがムトハは行きたがらず、それより馬と一緒に居る方がよいらしく、実際に馬のそばで寝ることもあるらしい。

「変わったガキだぜ」

そう言いながら杯を呷ったアリーが、眼の端に一人の男を捉えた。

アリーの顔色に気付いたバドルが振り返ると、それとなくこっちの様子を窺っているらしい男がいた。

「知った顔か?」

「まあな」バドルの問いにアリーは小馬鹿にした口調で答えると、少し怪訝そうに眼を凝らした後、

「どうやらここを早く出た方がよさそうだぜ」杯を置いて言った。

訳を聞くと、以前イカサマを見破られた時、居直って殴り飛ばした男の弟だという。

「何だ、悪いのはお前じゃねえか」

「弱い奴が悪いのさ」

アリーの理屈ではそうなるが、殴られた方は恨みに思って仕返しするに決まっている。

さっきの男の様子から、今夜がそうらしい。アリーのこういう勘は外れたことがない。

「うひゃひゃ、人数揃えて待ち伏せしてるって寸法じゃな」

「へらへら笑ってる場合じゃねえぞおっさん、アブドゥル様も一緒なんだぞ」

愉快げに笑う杜環に顔をしかめながら、最後は声を落としながらバドルが睨んだ。

「ここを出たら一気に走ろう」

やれやれといった表情でアブドゥルは立ち上がった。

月は満月に近く、雲はない。

店を出た一行は、アリーを先頭に一目散に走りだした。

が、楽器のルバーブを背にした杜環がどうしても遅れるので、アブドゥルが杜環の手を引いてやった。

大通りへ出る辻に五、六人の人影が現れ、同時に背後からも何事かを喚きながら走り寄ってくる足音が響く。総勢十人を超えるだろう、多勢に無勢。

「蹴散らしてトンズラだあ！」

鞘から放った剣を頭上にかざしながら、アリーは猛然と突っ込んで行った。

乱闘、というほどのこともなく、数秒の喧騒の後に散りぢりに走り去ったが、杜環の手を引いていたので逃げ遅れたアブドゥルに追っ手が集中してしまった。

暗い路地を走り抜けてまこうとしたが、しつこく追ってくる。

どこをどう走ったか憶《おぼ》えていないが、とある角を曲がると少し広い通りになっており、すぐそばに荷車があったので咄嗟《とっさ》に下へ潜り込んだ。

身を伏せながらはぁはぁと息をきらす杜環の口を押さえていると、どたばたと駆け抜けてゆく足音がした。

しかし、すぐには出てゆけない。

「いやあ、危ないとこじゃったのう」

アブドゥルの耳元で囁く杜環に、

「まだ安心できませんよ」

苦笑しながら答えたアブドゥルの目の前に、薄ぼんやりと二本の脚が現れた。

何者かが荷車の前に立ったのだ。

「金を出せば助けてやるよ」

小声で言う、女の声だった。

アブドゥルと杜環が息を詰めて顔を見合わすと、おっかぶせるように、

「嫌なら大声でさっきの連中を呼ぶけどね」

「わわ、分かった、頼む！」

杜環がつい返事をしてしまった。

「早く出て！　戻ってきたようだよ」

切るような声音につられて二人が慌てて荷車の下から這《は》い出ると、筋向かい家の扉が開いており、女の手が招いていた。

二人が飛び込むように扉の中に入るやバタンと閉め、女は黙って左側にあった階段を下りていった。

下りた所は物置きであろう。暗くてよく判らないが、狭くて何やら雑然と荷が積まれてあるようだった。

道路側に小さな窓があり、月明かりがぼんやり差し込んでいる。

ちょうど目の高さに道路があり、なるほど、ここから見ていれば荷車の下に隠れたアブドゥルたちは一目瞭然であったろう。

その窓から道路を覗いて外の様子を窺っている女の横顔を月光が照らした——まだ若い娘であった、美しい。

追っ手であろう数人の走ってくる足音が近づくと、女が手のひらで二人にしゃがむよう指図し、二人は従った。

足音が遠のくと、

「金」

振り向いた女が手のひらを差し出しながら言った。

「あ、ああ、そうじゃったの」

杜環が気前のよい額を渡すと、窓辺で数えた女が少し驚いた様子で改めて二人を見た。

「今夜はもう外をうろつけんでのう、一晩泊めてもらう分もある」

女は少し考えてから、

「客を泊める部屋なんかないから、ここでいいならかまわないよ」

「うっわ、息が詰まりそうじゃが……仕方あるまい」

この女に興をそそられたアブドゥルは、黙ったまま女の声音や仕種を楽しそうに眺めている。

「ほいでのぅ、このくそ暑い中を走り回ったもんじゃから喉がカラカラじゃ、水を一杯くれんかいのう」

こくりと頷いて出て行こうとする女に、

「ついでに汗を拭くタオルも頼むわい」

杜環が言うと、振り向いた女の顔が淡い月光に照らされて青白く浮かんだ。

（ずうずうしい奴）片眉を上げた表情はそう語っていたが、彫りの深い顔だちは知性も宿していた。

女が戻ってくると、杜環はルバーブを爪弾いていた。

今日で言う小夜曲、セレナーデのような甘いメロディである。

水と濡れタオルを渡すと、聞き慣れない音色と旋律に惹かれたのであろう、女は立ち去りがたく戸口の所で立ち止まり、聞き入る様子であった。

濡れタオルの心地よさに、アブドゥルがぶっきらぼうに見えた女の心遣いを思って戸口の方を見やると、月の灯りと、杜環が爪弾くルバーブの音色が、その立ち姿を淡い幻のように映し出していた。

が、杜環が弾きながら、

「娘さんよ、名は何というんじゃ？」

聞いたとたん、女はさっと踵を返して階段を上がって行ってしまった。


これがオバーラとの出会いであった。

後日、アブドゥルはオバーラを後宮に召した。

使者にはくれぐれも無理強いはせぬよう言い含めておいたが、意外にもオバーラはすんなり承知したという。

初めての夜、アブドゥルはそれを意外に思ったと正直に話した。

「どうしてそう思われたのでしょう？」

「お前は自分の脚で立てる女だ。安穏な暮らしと引き換えにアラブ人に抱かれる女とは思えなかったのでね」

「あなたはアミール、断ると後が恐ろしいですもの」

挑むような微笑に少し皮肉も含めていた。

「そんなタマか」

アブドゥルもオバーラとの会話を楽しみ始めていた。

聞けば、オバーラはユースフの第一夫人の侍女であったと言う。

コルドバが占領された折、不安におののいていたユースフ邸の人々に、新しい征服者は確固とした安全を与えてくれた。

その時の感謝の念は、オバーラに若きアル・アンダルス王への憧憬以上の想いを抱かせたのだ。

「こうした想いにアラブ人もローマ人もありますまい」

勢いで言ってしまってから、はにかんで下を向いたオバーラの頬を軽く撫でながら、アブドゥルは言った。

「私はハーレムの女どもに贅沢《ぜいたく》はさせない。お前は働き者のようだから……どうやら私向きらしい」

数多《あまた》居る美女たちの中でも最も寵愛《ちょうあい》深かったとされるオバーラは、アンダルス・ウマイヤ朝第二代アミールとなるヒシャームを産むこととなる。

敬愛する祖父の名を与えたことからも、この母子への愛情が窺えよう。

6　ヒシャームの反抗

古都トレドには、アラブ侵攻当初に根付いた有力者たちが割拠していた。コルドバの新政権に対抗するほどの勢力ではないが、何かと従わぬことが多く反乱勢力の温床ともなっていたため、アブドゥルは信頼のおけるジャファルたちマギーラ族の多くを近辺の領地に配していた。

彼らは自分たちの土地をコラル・デ・アルマグエル（マギーラ族の牧場）と呼び、トレドに対する藩屏《はんぺい》をもって任じていた。

七六〇年、諸方の反乱がほぼ鎮静化したと思われた頃になって、マギーラ族からトレドの動きについて頻繁に知らせが届いた。

ヒシャームという者が中心となって、アンダルス・ウマイヤ朝からの独立を画策しているらしいという。

アブドゥルは先手を打って遠征軍を派遣し、マギーラ族の兵も併せ一万二〇〇〇の大軍をもってトレドを包囲した。

この遠征には長男スレイマンを初陣させ、同時にバドルを格上げして一手の将としてスレイマンの後見に当たらせた。

包囲後しばらく睨み合いが続いたが、結局ヒシャームが実子を人質に差し出すことで和議が結ばれ、ウマイヤ朝軍は包囲を解いた。

ヒシャームの子はスレイマンの近従として仕えることになり、スレイマンはこの新しい遊び友達の出現を大いに喜んだ。

ところが、凱旋してからわずか二ヶ月ほどで、トレドが再びアブドゥルの命に従わぬ行動に出た。

徴税官を殺害した上に、籠城に備えた戦仕度を整えているという。

ヒシャームは我が子を見殺しにしたのだ。

引見した時、少年の眼はすでに死を受け入れていた。

トレドを出る時すでに父に告げられていたのか、事態を知って覚悟を決めたのか、アブドゥルの前でも怯えた様子を見せなかった。

まだ十三か十四歳であろう。息子のスレイマンや、アッバース兵に首を斬り落とされた弟の顔が重なり、その少年のまなざしにアブドゥルは少なからず動揺した。

しかし、アル・アンダルスの王として為《な》すべきことを為さねばならない。

「苦しまぬよう――」

それがアブドゥルにしてやれる精いっぱいの情けであった。

アブドゥルはヒシャームという男を憎んだ。

反乱もさることながら、我が子を己が野心の道具に使い、そしてアブドゥルにひどい命令を下させたヒシャームを。

再びトレドに派兵したが、司令官には力攻めはならぬと厳命した。

トレドはそう簡単に落ちまい。

攻城にてこずれば、またもやあちこちで反乱が起こるやもしれず、ようやく安定し始めたアンダルス・ウマイヤ朝政権を揺るがしかねない恐れがあった。

いずれ摺《す》り潰してくれようが、今はその時期ではなかった。

派遣軍は再びトレドを包囲したが、戦闘らしい戦闘もせぬまま、投石器で少年の首を城内に放り込んだだけで引き揚げてきた。

投げ入れられる首を、スレイマンは目を逸らさず見届けたという。


トレド包囲の翌年、セビリアから訃報が届いた。

サラから夫のウマイラが亡くなったという知らせであった。

流行《はや》りの風邪をひいたまま狩猟に出たため悪化し、四日ほど寝込んでそのままあっけなく息をひきとったという。

アブドゥルは弔使を送ったが、多忙のため自身がセビリアへ寄ることができたのは半年ほど過ぎた頃であった。

北西の辺境地域で起こった反乱を鎮圧しての帰途、不意に側近と近衛兵だけを連れてセビリアへ立ち寄ると言いだしたのだ。

さまざまな憶測が囁かれたが、周りの者たちの間ではもっぱら、王はサラに求愛するのではとの噂が飛び交った。

彼らがそう勘ぐるのも無理はなく、実際すでに四十に近い年齢ではあるがその美貌と肥沃で広大な領地への魅力から、すでにサラには各地の領主たちからの再婚話が持ち込まれていたのだ。

凱旋に加え、美女を求めての行幸との噂が広まっていたため、行軍も晴れやかで浮かれ調子なものとなってしまった。

しかしアブドゥルを出迎えたサラや家臣団は、いまだに喪に服しているかのような質素で目立たぬ装束で現れ、王の行幸とはいえ館全体に静謐《せいひつ》な趣が漂い、浮かれた様子は少しも感じられなかった。

内外に示したサラの姿勢でもあろうが、亡きウマイラが家臣や領民に慕われていた証であろう。

「こりゃあ華々しい歓迎の祝宴は期待できんぞい」

同行した杜環が苦笑しながら言うと、

「なぁに、アブドゥル様の狙いは別んところにあるさ」

バドルがにやりと笑って見せた。

「あのなぁ、ゲスの勘ぐりもたいがいにせえよ」

「いやいや、あっちに関しちゃアブドゥル様もただの男ってことだわ」

やれやれ、といった風情で杜環は首を振った。

祝宴はアブドゥルの方から取りやめるよう言い渡し、アブドゥルとサラ、それにごく少数の側近たちだけで会食することにした。

食事の後、アブドゥルはサラに再婚話を切り出した。

とは言っても、アブドゥルの第一夫人としてハーレムに入れということではなく、年恰好《かっこう》の合うウマイヤ家の者を婿入りさせようという提案である。

これはなにも、サラの領地をウマイヤ家が取り込もうというわけではなかった。

今までどおり実質的な領主はサラであるが、ウマイヤ家の者が夫になれば王が後ろ楯《だて》ということになり、サラの領地やサラ自身にちょっかいを出そうという気を起こす者はなくなるだろう。それに圧倒的男社会のイスラーム世界での女領主では何かと不都合もあろう、とのアブドゥルのサラに対する思いやりから出た提案であった。

もっとも、アブドゥルの気持ちは嬉しいが、サラにとっては少しありがた迷惑な話であった。

今さら新しい夫を迎える気などなかったし、領地の経営も問題はない。

が、せっかくの王の親切を無下に断ることもできず、迷うふりをしてその場での返事は避けた。

サラの気持ちを察したアブドゥルは、翌朝は早くに出立せねばならないので日の出に中庭で待っている、そこで返事を聞こうと言った。

翌朝、まだ薄暗闇の中に、すでにアブドゥルは待っていた。

サラが近づくと、

「少し歩きましょう」と言って、近侍たちを残し二人だけで中庭を出た。

朝日が昇り初め、肥沃な農地を照らし出す中をゆっくりと歩を進めながら、

「よい土地だ、これからもずっと朝の陽が照らすことを願いますよ」

アブドゥルの意は後継者のことであろう。

後継者についてはゴートの血を引く遠縁がいないわけでもなく、そこから養子を迎えることにしてある。

「ですので、その心配はありませんのよ」

「しかし……やはりあなた自身の子に継がせたいでしょう。まだ遅くはありませんよ」

「まっ」

サラはすでに四十に近い。この時代の婦人としてはもはや老齢の域と言えよう。

はにかむサラに、

「アル・アンダルスでゴートとアラブの血が結ばれる。人の世もなかなか面白い」

振り向いて微笑むアブドゥルの顔を朝日が照らすと、サラもつい釣られて笑顔を返してしまい、それが受諾の意となってしまった。

夜、屋内で返答を求められたなら、生臭い話だけに、なかなかこうはすんなりとはゆかなかったであろう。

この時、この場所を選んだアブドゥルの心配りに、

（賢いお人だ）サラは改めて瞠目した。

のち、この二度目の夫との間に二子をもうけ、莫大な財産を受け継いだ二つの家系はハッジャージ家とマスラマ家を起《た》て、後世セビリア地方を実質的に支配する大豪族に発展してゆくことになる。

ちなみに、十世紀の歴史家イブヌル・クーティーヤはこの家系の出身であった。

それはともかく、アブドゥルがサラの館を訪れたこの時期にはイベリア半島南部の支配体制はほぼ固まり、アンダルス・ウマイヤ朝政権はもはや磐石《ばんじゃく》の観を呈したかに思われたが、実はそれを根こそぎ覆す謀略が静かに進んでいた。

程なく、アブドゥル・ラフマーンに生涯最大の危難が襲いかかる。

第三章　イベリアの夢

1　アッバース軍との攻防

アッバース朝第二代カリフ、マンスールの生い立ちはアブドゥルによく似ている。

彼の母もベルベル人であったため、アッバース朝革命の際に初代カリフの座に就いたのは、嫡流の弟であった。

そのカリフが天然痘で亡くなった後、四十二歳の時にカリフ位を継承し、名をマンスールと改めた。

〝勝利者〟という意で、こういう称号的な命名を「ラカブ」という。

カリフ位に就いたマンスールがまずせねばならなかったのは、身内の粛清であった。

シリア総督に就いていた叔父のアブド・アッラーフは頑迷なアラブ純血主義者であったため、ベルベル人の血の流れるマンスールのカリフ就任をよしとせず、シリアに独立を図って自らカリフを称した。

この叔父の討伐に、マンスールは革命最大の功労者であるアブー・ムスリムを派遣した。

ナスィービーンという地での激戦の末シリア軍は壊滅し、捕らえられたアブド・アッラーフはマンスールの命により獄中で処刑された。

次いでマンスールは、あまりに功績の大きくなり過ぎたアブー・ムスリムを宮廷に招いて謀殺した。

狡兎《こうと》が死んだので走狗《そうく》は烹《に》られたのである。

その後、メディナとバスラで二度にわたる大規模なシーア派の反乱が勃発したが、マンスールはホラーサーン兵を中核とするアッバース朝本軍を率いて、自らこれを鎮圧した。

しかし反体制勢力であるシーア派は根絶されることなく、ペルシャを中心に現代にまで続くことになる。

ところで、シーア派というのはシーアット・アリー、つまり「アリー（非業の死に斃れた第四代カリフ）を支持する党派」という意で、イスラームの主流であるシーアット・スンニ、「スンニ（アラブの慣習）に従う党派」との対比からこう呼ばれた。

だから「シーア派」というおかしな和訳をされた経緯は知らないが、本当ならば「アリー派」と訳すべきであったろう。

それはともかく、シーア派を押さえ込むとマンスールは絶対的なカリフ権を確立し、自らを「地上に映ったアッラーの影」とまで豪語して「マディーナ・アッサラーム（平安の都）」と謳われる世界最大の首都をバグダッドに建設した。

権力闘争において冷徹、非情をもって恐れられたマンスールだが、その施政の手腕もまた卓越していた。

強固な官僚組織を築いて中央集権化を推し進め、同時に官僚たちの腐敗を防ぐべく秘密警察をもって常に監視したという。

中央に、つまりカリフたるマンスール自身に権力を集めるためには、全国の情報を集中させねばならない。そのため彼は「バリード」という駅伝の制度を、その帝国全土に網の目のように張り巡らせる事業に最も力を注ぐことになった。

こうして、その治世を通じて民は治まり国は富み、広大な領土を有する帝国の実質的な創設者としてその礎を築き上げた。

後世の史家は、五〇〇年に及ぶアッバース朝イスラーム帝国随一の名君だと賞賛を惜しまない。


マンスールがイベリア半島に現れたウマイヤ朝政権を放っておくはずはなかった。

しかし、アラブ世界には昔から海を越えての戦を禁忌する風習もあって、彼は慎重に対処した。

海を越えた遥かな彼方へ大軍を派遣する愚は犯さず、まず多数の諜者《ちょうじゃ》を放ってアル・アンダルスの現況を調べ上げた末、地元の反アブドゥル・ラフマーン勢力を利用する方針を採った。

隠密裏に懐柔を進め、頻発する反乱を無視してその時期が来るまで待つよう指示を徹底させたため、アブドゥルが頼みとするユダヤ人諜報網もこれに気付くことができなかった。

水面下の工作ではマンスールが一枚上手であったと言えよう。

そして七六三年、これ以上放っておくとウマイヤ朝政権は確固たる地盤を築いてしまうと観たマンスールは、満を持してアル・アンダルスへの侵攻とアブドゥル・ラフマーン討滅の命を下した。

エジプトにいた名将の誉れ高いヤフスブ族のムギースを征討将軍に任じ、幾万といった大軍ではなく三〇〇〇の精鋭と総督任命状、そして莫大な軍資金を与えてアル・アンダルスへ派遣した。

アッバースの黒旗を翻したムギースとその精鋭部隊は、イベリア半島南部からではなく潜在的な反アブドゥル勢力が多数いる西部、今日のポルトガルのリスボン辺りに上陸した。

上陸するや、この地域の反乱勢力が一斉に蜂起して、アッバース軍はたちまち万を数える大軍に膨れ上がった。

ムギースは諸方に使者を派遣して反アブドゥル勢力に蜂起を促しつつ南東、ニエブラ方面へ向かった。

マンスールの戦略を心得ているムギースは急進はせず、各地での反乱を待ちつつ次第に増える軍勢をゆっくりと進めた。

（してやられた！）

事態を把握した時、アブドゥルはぎりぎりと奥歯を軋らせて臍《ほぞ》を噛んだ。

彼方バグダッドのマンスールに、髪の毛が逆立つような火を噴く敵愾心《てきがいしん》が湧き上がると同時に、物事が上手く行き過ぎて浮かれていた己自身が猛烈に腹立たしかった。

この苦境を乗り越えるには、よほどの覚悟をもって臨まねばなるまい。

為さねばならぬならどんなことでもやる——悲壮ともいえる決意を固めたアブドゥルであった。

しかし、〝アッバース軍来《きた》る〟の報に各地の不満分子たちがここぞとばかりに反旗を翻したため、それら諸方の手当てのために時間をくってしまったアブドゥルがようやくコルドバを発することができたのは、アッバース軍がすでにニエブラを出てセビリアに向かおうとする頃であった。

諸方、特にトレドの押さえに多数の兵力を残さねばならず、しかも首都コルドバも手薄にはできない。結局アブドゥルが率いたのは五千足らずの兵力でしかなかった。

戦いの初動においてアブドゥルは、悉くマンスールとムギースの後手に回ってしまったと言えよう。

アブドゥル軍が急行してようやくセビリアに到着した頃には、アッバース軍はすでに二万近い兵数にまで増大しており、とても野外での迎撃戦はかなわない情勢となってしまっていた。

「どうするアブドゥルよ、ここは一旦コルドバへ引き返すかね？」

問いかけた杜環に、

「ここで引き返せば、私はすべてを失いますよ」

その隻眼に曇りはなく、アブドゥルの発した令は、セビリアより東三十キロにあるカルモーナへの移動であった。

現代では地方都市として栄えているカルモーナだが、それは十六世紀以降のことで、当時は小規模な村落にすぎず、なるほど要害の地ではあったが、五〇〇〇もの兵を収容できる規模のものではない。

城と言うよりは砦であった。

ウマイヤ家の者を中心に、マギーラ族やアバルの一党からなる精鋭七〇〇の兵を選りすぐって籠城することにし、残りはアブドゥルマリクを将に据えて一旦コルドバへ帰した。

諸方の反乱を鎮めてのちに、大軍を擁して取って返しアッバース軍の腹背を衝くべく命じはしたが、情勢はそう楽観できるものではない。

カルモーナ砦の命脈が鍵となる。

だからこそ、普通ならば心利いた者をカルモーナ砦の守備に当たらせ、自身はコルドバへ帰るところを、あえてアブドゥル自身が残ることにした。

決意の固さを示すために長子スレイマンも同行している。

人の情として誰しも小さな砦に籠りたくなんぞない、ましてや王である。

そこを自ら籠ったところがアブドゥル・ラフマーンの真骨頂であったろう。

不安や恐怖に惑わされずに一番よい方策を選ぶことが生き延びる道だということを、五年にわたる逃避行がその骨身に教え込んでいた。

カルモーナ砦を取り囲んだムギース率いるアッバース軍は、初めに二度だけ小当たりに攻めかかったが、激しい抵抗にあってそれ以上の力攻めは避けて持久戦の構えをとった。

ローマ人たちが造ったこの砦は、小さいが堅固であった。無理攻めは得策ではない。

この時の攻防戦で、アブドゥルたちはムトハが恐るべき射手に成長していることを知ることになった。

城壁を這い登ってくる敵に守備兵たちは上から矢を射かけたのだが、兜《かぶと》や鎧《よろい》に当たってさほど効果はなかった。

しかしムトハは敵が顔を上げた瞬間を逃さず、その眼を狙って射込んだ。

百発百中、しかもすでに逞しい青年に成長していたムトハの射る矢のその凄まじい威力は、周囲の者を驚嘆させずにはおかなかった。

敵兵が退いた後、アブドゥルは皆の前で武功一番とムトハを讃《たた》えた。

「いやぁ～～驚いた、一人で五人分の働きだったぜ」

アブドゥルの幕営でムトハの目ざましい活躍ぶりを褒めそやすバドルが、

「おいアリーよ、もうムトハを小僧扱いできねえぞ」

と、いつもムトハを小馬鹿にしているアリーにこう言うと、ムトハの総身から発する鬼気の

ようなものを感じ取っていたのであろう、さほど不機嫌でもなさそうに頷くアリーに、

「んじゃあ明日から〝ムトハ殿〟とでも呼んだらどうじゃい」

横から杜環がからかうと、

「ふん」アリーも苦笑するしかなかった。


カルモーナ砦を包囲したアッバース軍は、それ以後は損害を出すのを嫌って攻勢に出ることはなかった。

待てばよい、それがムギースの方針であった。

援軍はすぐにはやって来れまいし、来たとしても二万ものアッバース軍を追い払える軍勢を望める情勢ではない。

三月もすれば兵糧が尽き、尽きれば降伏するしかあるまい。

アブドゥル・ラフマーンを捕らえれば、アル・アンダルスは一挙に手中に入る。

また、トレドを中心とした反乱勢力が鎮圧軍を破って勢いを増せば、首都コルドバをあるいは無血で陥れてしまえる可能性もあった。

マンスールはかねてよりコルドバの後宮やその周辺にも調略の手を伸ばしており、情勢が切迫すれば内部からの裏切り者がアブドゥルの妻子を人質にとってクーデターを起こすことも考えられる。

とにかくアッバース軍はカルモーナ砦を包囲したまま待つことが最善手であり、ムギースは気長に砦が立ち枯れてゆくのを待てばよかった。

その頃コルドバでは、オバーラが血の粛清によって後宮内の引き締めを行っていた。

出陣の際アブドゥルは、

「マンスールは必ず後宮内にも手を伸ばしているはずだ。オバーラ、お前が疑わしいと思った者を皆の前で処刑しろ、証拠は要らぬ」

「畏まりました……が、疑わしき者がおらぬときは？」

「誰でもよい」こう、命じてあった。

クーデターや妻子らの拘束などを画策している者どもがいれば、ヘタに動けば危ないと牽制《けんせい》しておかねばならなかった。

罪もない女を、とにかく見せしめに殺せと言う。

アミールの意とはいえ、非情の指令に気丈なオバーラといえども苦悩したであろう。

「ヌアイムにはその旨を通しておく」と、言い添えた。

警察長官であったヌアイムにはアブドゥルも信を置いており、コルドバ城内の治安と、ユダヤ人組織と連係して不穏分子の動きに目を光らせるよう命じてあった。

同時に、万一後宮内に異変が起こった場合には、妻子らが人質に取られていようとも構わず突入してこれを討てとも命じている。

オバーラは、ウマイヤ家出身の侍従長は信用できると観て、アブドゥルの言葉を伝えた。彼からの情報と己の勘を信じて、真偽は不明であったが二人の夫人を選んだ。一人は懐妊していたという。

警察長官のヌアイムの手勢を引き入れ、前庭に集めた後宮内の者たちの面前で、二人を扼殺《やくさつ》せしめた。

これ以後、オバーラはコルドバの後宮を支配し、実質上の第一夫人となる。同時に、この一件が生涯の十字架となったのか、極端に信心深くなった。

彼女自身はクリスチャンであったが、アブドゥル・ラフマーンの血を受け継いだ子は皆アッラーの慈悲より生まれ出たとして、アブドゥルがアル・アンダルスでもうけた二十人ほどの子らの養育に関しては、我が子ヒシャームも含めて決して分け隔てを許さなかった。

2　勝利か、死か

カルモーナでの籠城が二ヶ月を過ぎた。

鳩を使った外からの連絡では、遊撃用に遣わしたアブドゥルマリクの軍はやはりトレド近郊で苦戦しており、その他の方面でもカルモーナにまで援兵を送れそうな余裕はなかった。

兵糧もそろそろ尽きようとしており、このままではいかに精鋭を選りすぐったとはいえ内応者も出てくるだろう。

顔には出さないように心掛けてはいても、どうしても焦躁《しょうそう》の色が浮き出てしまう己に、アブドゥル自身が腹立たしかったがどうしようもない。

これといった打つ手がないのだ。

じりじりと焦りが募る――笑顔が消えた。

(笑え、周りに笑顔を見せろ!)

とは思いつつも、笑えぬ己がもどかしい。

(お前も底の知れた男だな) 自嘲しながら己を責める。

責めたとて打開策が浮かぶわけでもない。

日課の見回りは欠かさず行うが、兵たちの士気にも翳《かげ》りが観られるようになってきた。

城外に布陣している大軍を毎日眺めていれば、その威圧から無理からぬことであったろう。

不安や怯えを態度や表情に出す者はいないが、眼の力が弱くなってきている。

そういった中で救いともいえるのが、息子スレイマンであった。

兵たちと共に城壁の修復に立ち働いたり、ムトハに弓を習ったりしながら、何の屈託もなく毎日飛び跳ねるように動き回る若いスレイマンの元気な姿は、アブドゥルだけでなく砦中の将兵を和ませた。

そんなある夜、

「なあおっさん、何かいい知恵はねえのかよ」

疲れた身体を休めながら、バドルが期待するでもなく杜環に訊ねた。

夜半、アブドゥルの部屋、アリーもいる。隅には槍先に緑のターバンを巻き付けた軍旗が立てかけてある。

「ほうじゃのう……援軍の見込みもない城が大逆転した話をしてやろうかいの」

こう言って杜環は話しだした。

「昔、燕《えん》という国が斉《せい》という国を攻めた時の話じゃ。燕は楽毅《がっき》という名将を擁して破竹の勢いで勝ち進み、斉の七十余城を下してしまいよったもんで、残ったのは斉王の籠る莒《きょ》ともう一つ、即墨《そくぼく》という城だけになってしもうた。莒の方は援軍に来たはずの楚《そ》の軍隊が斉王を殺して乗っ取ってしまいよったから、斉人の籠る城は即墨だけになってしもうたわけじゃ」

「ふむふむ、それで」

バドルは興をそそられている。

「即墨の守将は城外に撃って出たが、あっさり負けて死んでしもうた。そんで城内に残った人々は声望のあった田単《でんたん》という男を新たに守将に立てた。この田単というのが出来物《できぶつ》でのう、堅く守ったもんで即墨の城はなかなか落ちなんだ」

「それからどした?」

そこにいたアリーも話に聞き入り始めた。

「人間、辛抱すればええことがあるわい、ちょうど折よく燕の王様が死によった。新しい王は出来の悪いボンクラで、しかも皇太子の時代から楽毅と仲が悪かったんじゃな。そこに目を付けた田単は、さっそく燕の国に間者を送ってこう噂を流布させた」

「はは~ん、だいたい読めるぜ」

「ほひょほほ、お前でも判るか」

「馬鹿にすんな!」

「そうじゃ、〝楽毅将軍は誅罰《ちゅうばつ》を恐れて帰国しようとせず、その口実をつくるためにわざと即墨を落とさないのだ。しかも独立して斉の王になろうとの野心も抱いている〟と言い触らしたわけじゃ。〝だから斉の人間が一番恐れているのは、楽毅に代わってほかの将軍が来ることだ〟とな」

「そんでその馬鹿王は信じたのかい?」

「ああ信じよった、楽毅に代えて騎劫《きごう》というのを将軍に任じて派遣したんじゃ。燕は国中皆がこの更迭に憤慨したし、楽毅は他国へ亡命せざるをえず、そうなると派遣軍、とりわけ即墨を取り囲んでいた将兵の士気はガタ落ちになってしもうた」

「はは、田単って野郎の思う壺じゃねえか」あきれ顔で言うアリーに、

「ほいな、その間に田単は生き神様をでっちあげて、その神様のお教えだから田単の出す号令は絶対間違いはないぞと城内の人心を結束させよった」

「ふむ」感心するバドルに杜環は続けた。

「そこへやって来た騎劫の陣に、間者を使うてまた噂をばらまいた」

「敵も味方も騙すのかよ、その田単って野郎はよっぽどひねくれ者だな」

「わはは、そうじゃ、戦とて人間のやることよ、心を操った方の勝ちだわな」

「で、どんな噂なんだい」

「それよ、とらえた斉軍の捕虜の鼻を削いで、そいつらを前列に並べて攻めてこられたら、城内の者たちはびびって降伏する気になるだろうから、田単はそれを心配しているとな」

「うーむ、いい作戦じゃねえのか」

「馬鹿たれがあ！　城兵たちは怒って奮戦しよったわい、しかも虜になるくらいなら死んだ方がましじゃっちゅうてな」

「なるほど、そーなるか」

「さらに噂を流した。もしも城外にある先祖の墓を掘り返されたりしたら、城内の者は悲しみのあまり戦う気持ちもなくすだろうから、田単はそれを最も恐れているとな」

「うっわ、そりゃひでえよ」

「騎劫の馬鹿はやりよったんじゃ。墓を掘り返して先祖の屍を火炙《ひあぶ》りにしよったもんじゃから、城内の者は望見しながら涙を流した。士卒たちの怒りは一〇〇倍に膨れ上がって爆発寸前まで来た」

「ほほう、面白くなってきたじゃねえか！」

「そこで田単は燕の陣中に降伏の使者を送った。むろん油断させるためじゃ。燕軍は喜んで〝万歳！〟を叫んだそうな。さらにじゃ、田単っちゅうのは念の入った男での、即墨の富豪たちに命じて燕の将軍たちに、こっそり開城後の取りはからいをよしなにと賄賂を送らせよった。これでますます燕軍は油断したんじゃな」

「やるなあ」

「さあここからじゃ！　明日は開城というその夜、城中から一〇〇〇頭あまりもの牛を集めてきた。赤い絹に派手な竜の絵を描いてその牛たちに着せると、角に刃を縛り付け油を注いだ葦《あし》の束を尾っぽに括った――さあ、準備万端整ったわけじゃ」

「ほうほう！」

「牛たちの尻に火をつけると、城壁に穿《うが》った数十の穴から一斉に燕軍目がけて突進させよった。狂奔する一〇〇〇頭の牛たちの後ろからは怒りに燃える城兵たちが駆ける。尾っぽに付けた炬火《かがりび》が眩く闇に躍り、猛《たけ》った牛の鳴き声が響くと、夜中に訳の判らん怪物たちが走り込んできよったもんじゃから、燕兵たちがびっくらこきよったのも無理はない」

「うーん、やったなあ」

「城中では太鼓を打ち喊声《かんせい》を上げ、女子供から老人まで皆が銅器を鳴らしながら声援したもんじゃから、その音は天地を揺るがしたそうな。荒れ狂う牛に踏みつぶされるわ角に付けた刃で斬られるわでもう大変。その混乱に乗じて口に枚《ばい》を銜《ふく》んで声を消した城兵が、影のように跳梁しては無言のまま殺しまくりよったんじゃから、こりゃもうだめよ」

「勝負あったな」

「即墨を囲んでいた燕軍はちりぢりに乱れて大敗走、騎劫の馬鹿も死んでしもうたんで、斉にあった燕軍は壊滅したも同然じゃ」

「そうなるわなあ」

「田単は逃げる燕兵を追撃しながら通り過ぎる城を奪い返していったんで、兵の数は日ごとに増えていった。こうなりゃあとは勢いじゃ、あっというまに燕に奪われた七十余城を斉人の手に取り戻しよった」

「う〜〜ん、たいした野郎だぜ、その田単ってなあ」

「まぁ、諦めずに頑張りゃ、こういうこともあるって話じゃよ、ふぉほほ」

しきりに感心するバドルから杜環が視線を移すと、アブドゥルは飾り硝子《ガラス》のカップを手のひらで転がしながら微苦笑しているだけであった。

もとよりバグダッドまで間者を送っている時間などないし、ムギースは愚か者でもない。

そのアブドゥルに向かい、

「とにかくじゃ、負けだと思った時から負けが始まるんぞい」

こう言う杜環に、

「心得ておきましょう」

アブドゥルは真顔で応えた。

「そうそう、この砦にも牛がおったじゃろ」

思い出して言う杜環に、

「もう食っちまったよ」

アリーがくそ面白くもないという顔つきでボソリと答えた。


援軍を見込めない以上、兵糧の尽きる前に決死の突撃を敢行して活路を見出す、それしか手はない。

撃って出る。

悲壮な覚悟でそう決めると、アブドゥルの相貌は落ち着きを取り戻し、笑顔も戻った。

翌日、マギーラ族の将にわざとアッバース軍へ密使を送らせ、裏切りを偽装した。

七日後の深夜に城門を開いて、アッバース軍を城内に引き入れると告げさせた。

内通者が出たからといって油断するムギースとは思えないが、できることはすべてやっておくしかない。

その日からカルモーナ砦の城門前では、夜ごと大掛かりな焚き火が天を焦がし、燃え盛る炎とともに籠城の将兵たちが声を限りに挙げる鬨《とき》の雄叫びが天地に轟いた。

アブドゥルが命じてやらせているのだ。

士気を鼓舞するためだが、同時に出撃当夜の布石でもあった。


約束の日の二日前、深更。

大焚き火の前に集められた将兵たちは、今日も鬨を挙げるだけのつもりであった。

漏れるのを恐れたアブドゥルは、この日だということを誰にも告げていなかった。

焚き火を背に立ったアブドゥルの影が、炎の轟音《ごうおん》とともに激しく揺らめいている。

「聞け！」七〇〇の籠城兵に向かってアブドゥルは叫んだ。

「これより城門を開いて敵を撃つ！　アブドゥル・ラフマーンが先頭を駆けるぞ！」

そのあと、後世に語り継がれる動作を行った。

右手で剣を抜き放ち、

「勝利か、死か！」左手の鞘を炎の中へ投げ入れた。

この劇的行為が、見守る七〇〇の将兵すべての心を一つにした。

異様な興奮が、どよめきから耳を劈《つんざ》く大喊声へと変じると、我も我もと先を争って炎へ向けて鞘が投じられた。

開かれた城門からまず躍り出たのは、尻尾に数本の松明を括り付けられて狂奔する軍馬の群れであった。

闇夜に突如響いた馬蹄の轟きが、得体の知れない光の洪水を運んできた――

長滞陣に倦怠《けんたい》気分が蔓延《まんえん》し、しかも籠城側から裏切り者も出たという噂が陣中に流れていて気持ちが弛《ゆる》んでしまっていたその寝込みを襲われたアッバース軍に、動揺するなという方が無理であろう。

混乱した敵陣に、アブドゥル軍は火の玉となって斬り込む。

陣頭を走るアブドゥルの両脇にアリーとムトハが寄り添い、アバル・サッバーフが狂気とも歓喜ともつかぬ咆哮を発しながら続いた。

七〇〇の死兵は前に立ち塞がるすべてを斬り倒して、ムギースの本陣目指して突き進む。

暗夜に喊声が天を突き抜け、絶叫と咆哮と刀槍のぶつかる激しい金属音が鳴り響いた。

敵兵の多くが散を乱して逃げ惑う中、さすがにムギース率いるアッバース本軍は精鋭を選っただけあって、統制のとれた組織的な反撃を行った。

しかしそれでもアブドゥル軍の勢いは止められず、奮戦はしたもののアッバース本軍もついに壊滅した。

こうして、戦闘は一時間もせずにアブドゥル軍の大勝利で終わった。

あとは追撃するだけであった。

この夜の戦死者は六〇〇〇とも七〇〇〇〇〇ともいわれるが、ほとんどは敗走中に討たれており、その多くは指揮官のムギースをはじめとする逃げ遅れたアッバース本軍の将兵たちであった。

この夜戦で、アリーが敵兵の槍を首の付け根に食らってしまった。

アッバース本軍との激闘中にアブドゥルを庇《かば》ったためであったが、乱戦中に気付くはずもなく、陽が昇ってから探し回ったムトハが見つけた。

まだかろうじて息があった。

駆けつけたアブドゥルが顔を寄せると、何かを言おうとしたが声が出ない。

声も出せない己を自嘲するように口元を少し歪めると、そのままがくりと息をひきとった。

「この野郎、最後に何を言いたかったんだろ」

アリーの屍を運びながら、死に際の様子を聞いたバドルが呟くと、

「んなこたぁ判らんが、まぁ……男一匹、やりたいようにやって通してきたんじゃから、今さらこの世に文句はあるまいよ」

ロバの背に揺られながら、杜環も呟くように応えた。

戦勝後、ムギースとおもだつ将官たちの首を斬り取って、水で浄《きよ》めてから塩と樟脳《しょうのう》を入れた袋に詰め、アッバースの黒旗や総督任命状も添えて秘かにカイラワーンまで運ばせると、夜

陰にマグリブ総督府の門前にずらりと並べて立ち去らせた。

バグダッドのマンスールがこの報せを受けたのは、金曜礼拝の帰途であったという。

一瞬絶句し、そのあとに彼らしからぬ弱気な言葉を吐いてしまった。

「悪魔と我々を、海原をもって隔てられたアッラーに祝福あれ！」

その後マンスールは、二度とアル・アンダルス攻略に乗り出すことはなかった。

後年、側近たちとの夜話でアラブの古今の英雄たちの話が出た時のことだ。

マンスールも含めて歴世の名君や名将の話題がさまざま挙がったが、彼は皮肉に微笑みながら、

「アブドゥル・ラフマーン、奴こそがクライシュの鷹よ」

こう賞讃《しょうさん》したという。

3　トレド陥落

翌七六四年、アブドゥルはマグリブへの反攻を呼号したが、本気ではない。

国内も定まらぬアンダルス・ウマイヤ朝にそんな力はなく、単なる虚勢であった。

それでもバグダッドへの牽制の意味も込めて、内外に強気の姿勢を示す必要があったのだ。

アブドゥルの真の狙いは、アッバース朝本軍撃退の余勢を駆って、一挙にトレドを奪ってし

まうつもりであった。

とはいえ、堅固な城塞であるトレドを力攻めする愚は避け、ユダヤ人たちを使って秘かにトレド市民の有力グループを調略した。

アッバース朝の侵攻を跳ね返したコルドバのアブドゥル・ラフマーンの政権が、アンダルス全土を覆うのはもはや時間の問題であり、多くの市民グループが靡《なび》いたのも無理はない。

頃はよしと見計らって、アブドゥルはタンマームを主将に、副将には格上げしたバドルを任命して八〇〇〇の軍勢を派遣した。

この抜擢《ばってき》は、別段二人の将才を買ってのことではない。

トレドはすでに陥ちていた。

バドルは長年の忠節と労苦に報いるためであり、タンマームは老齢であったがアブドゥルのアル・アンダルス渡海の折にタンジェに迎えに来た功によって、トレド攻略という栄誉をもって最後の花を飾ってやろうとのアブドゥルの心配りであった。

実際、派遣軍が寄せてみると、市民の組織した民兵団がクーデターを起こして反アブドゥル派の首魁《しゅかい》であるヒシャームと、ほかのおもだつ有力者を捕らえてしまったため、トレドの城門は無血で開かれた。

捕らえたヒシャームを、アブドゥルはアラブ人にとって最も酷《むご》い方法で処刑した。

舌を噛み切らぬよう顎を外しておいて、頭髪と髭《ひげ》を剃《そ》って素っ裸にし、両手を後ろで縛ったまま反対向きにロバに乗せ、衆目の中をコルドバまで曳かせた上で磔《はりつけ》にした。

トレドが陥ちたことによってアル・アンダルスは完全にアブドゥルの支配下に治まり、イベリア半島は北方のサラゴサを除いてアンダルス・ウマイヤ朝のもとで豊かな治世を謳歌《おうか》することになる。

トレドが陥ちてしばらくすると、杜環が旅に出たいと別れの挨拶に来た。

「やはり方士なのですね」少し寂しげな顔で言うアブドゥルに、

「まぁ、命がありゃあまた戻ってくるわい」杜環は朗らかに応えた。

「ピレネーを越えるのですか？」

「そう、北じゃ、ヨーロッパへ往く。何があるからというわけでもないが、何かあるじゃろう」方士とはそうしたものらしい。

数日後、杜環は北へ向かう街道をロバに跨がってとことこと出発した。

繁栄するアル・アンダルスではあったが、土地をめぐる争いが原因となって、諸方で小さな反乱は頻発していた。

訴えに対して代官を派遣するのだが、いかに公平に裁いても、欲の皮の突っ張った連中は取り分が少ないと不満を募らせ、武力で奪い取る。

奪った者勝ちという気風が抜けていないのだ。

それはそうだろう、アミールのアブドゥル・ラフマーンも武力でアル・アンダルスを奪ったのだから。

そんな中で七六六年、アブドゥルにとって痛恨事が起こる。

ニエブラからセビリア方面にかけて中規模な反乱が起こり、すぐに鎮圧されて、槍先に掲げられた首魁の首がコルドバへもたらされたのだが、直後にアバル・サッバーフがやって来たのだ。

謁見の間に現れたアブドゥルが、微笑みながら歩み寄ろうとすると、いきなり拝跪して、

「この老いぼれの首を刎ねてくだされ！」

と叫ぶではないか。

一旦玉座に座り、拝跪したままのアバルをしばらく見つめた。

おおよその察しはついた。今回の反乱に一族の者、おそらく息子たちも含めたごく近しい者が関わっていたのだろう。

残党討伐とともに関係者の洗い出しが行われており、いずれコルドバに知れることは避けられない。

アバルは一身を投げ捨てて一族を救いに来たのだろう。

玉座のそばにはアンダルス・ウマイヤ朝の軍旗が立てかけられている。

開運を賭しての一戦で、グアダルキビル川の南岸を東へ駆けた際、アバルが頭に巻いていた緑のターバンを槍の先に引っ掛けて、即席に作った軍旗である。

今でもその時のまま軍旗として使っている。

カルモーナ砦での夜襲では、共に敵陣へ斬り込んだアバル・サッバーフ——

そのアバルが、今アブドゥルの目の前で殺してくれと伏している。

断腸の思いでアブドゥルは言った。

「功に報いるため、望みどおりにしよう」

処刑はセビリアにあるアバルの領地で行われ、アブドゥルも立ち会った。

アバルの首が落ちると、アブドゥルは自らが大声で群集に言い放った。

「勇者アバル・サッバーフの死を辱める者あらば、このアブドゥル・ラフマーンはもとより、アッラーの慈悲も尽きると知れ！」


アリーは亡くなり、杜環も去ってしまった。

バドルはハエンに与えられた小さな領地で、三人の妻と子供たちに囲まれて暮らしている。

ムトハだけがそばにいた。

沈黙の戦士として誉れ高いムトハであったが、近衛兵長への格上げを断って、今でもアブドゥルの馬の轡を取っていた。

ある日、バドルがコルドバへ来た際に、ムトハに嫁を持たせたらどうかという話になり、

「あいつはその気がないらしいが、そうもなるまい。バドルよ、一つ取り計らってくれんか」

「はい、馬より女房と暮らす方が良いってことを教えてやりますわい」

ということになった。

バドルはまず周囲の者たちからムトハの様子を聞いてみた。この辺は練れたところであった。するとと面白いことが判った。どうやら好きな娘がいるらしい。

馬の飼い葉を納める近在の農夫が、いつも伴ってくる娘がそうだという。その娘が来るとムトハはいつもそわそわしだすし、娘も時折ムトハの方をちらちらと盗み見るそうな。

ただそれだけで、二人ともそれ以上どうこうすることもなく一年以上になるという。

周りの者はそんな二人を歯痒く思いながらも、この不器用な恋を黙って見守っているということであった。

「はっはは、あいつらしい」笑いながらアブドゥルが、

「バドル、上手く取り持ってやってくれよ」と頼むと、

「はっ、お任せくださいませ」ということになった。

バドルは楽観していた。いわば玉の輿《こし》だし、両人がその気なら話は決まったようなもんだと思っていたのだ。

だから決めてから驚かせてやろうと、本人のムトハにも告げずにさっそくその農夫の家へ出向き、父親と会った。

しかしムトハとの縁談を切り出してみると、父親の顔が曇った。

これまでいくつもの政権が現れては消え、幾人ものアミールがコルドバの王宮を通り過ぎていった。

そしてそのつど、前政権側の縁者には悲劇が待っていた。

そうした盛衰を見てきた父親にとって、王宮内の者に大事な娘を嫁がせるなどとんでもないことであった。

バドルは父親の気持ちを読んだ。だから、

「それが、娘にゃあもう決まった相手がおりますんで」

という見え透いた嘘を、黙って聞き入れて帰った。

「というわけだ、だからあの娘はもうここには来ない」

戻ってムトハに一部始終を話し終えると、当惑し、哀しげで少し恨みがましい目を向けるムトハに、バドルは、

「まぁ何だ、女はあの娘だけじゃないんだからよ、そのうち俺がいいのを連れてきてやるから」

と、慰めにもならない言葉しかかけられなかった。

4　サラゴサの攻防

政情は安定し、もはや磐石となったアンダルス・ウマイヤ朝——

首都のコルドバもますます賑《にぎ》わうようになったが、アブドゥルはもう、かつてのようにお忍びでコルドバの歓楽街をうろつくことはなかった。

その後十年ほどはアル・アンダルスのみならず、北方のサラゴサを除いたイベリア半島全域に、神すらも与えなかった平和がアブドゥルの支配の下に続いた。

例外として、シュクナー一党の横行だけは防げなかった。

ベルベル人のシュクナーという男がアンダルス・ウマイヤ朝に服さず、山間部に拠って神出鬼没の抵抗を続けたのだ。

後世、ナポレオンをもってしても押さえ込めなかったスペインゲリラ戦術の走りとでも言えようか。

これにはアブドゥルも手を焼き、

「ったく、てこずらせやがる」

討伐隊に加わっては取り逃がしてばかりのバドルは、しきりにぼやいた。

が、アブドゥルはさほど不快には思わず、

「バグダッドのマンスールから見れば、私もシュクナーと同じに見えようよ」

むしろ小気味良ささえ覚えていた。

ただ、確とした地盤を持たずに移動を続けるシュクナーの一党は、いずれ立ち枯れるしかないと見ていた。

結局、足かけ八年にわたって暴れ回った彼らも、ようやくシャンタバーリア砦に追い詰めて討伐し終えることができた。

シュクナーの最後は家来に殺されたという。


サラゴサには大いなる誇りがある。

タービィーン、ハナシュ・アッ・サヌアーニーの墓所のあることであった。

預言者ムハンマドから直接教えを受けた者たちをサハーバ（教友）といい、そのサハーバから教えを受けたイスラーム第二世代をタービィーンといった。

イベリア半島に渡ったタービィーンは、ハナシュただ一人であったろう。

その尊貴なタービィーンが崩じた地がサラゴサであった。

そしてイスラームのイベリア半島侵攻の尖兵《せんぺい》となった誇り高き戦士たちの子や孫が、アブドゥルからの再三の服属要求を撥ねつけ、かつてスマイルを苦しめたようにアミールの命に服さず自主独立、コルドバ政権何するものぞの気概を持って割拠しているのがサラゴサであった。

シュクナー一党を葬り去った翌七七七年、アブドゥルは念願のイベリア半島統一の最後の障害、サラゴサ攻略に乗り出した。

この頃のサラゴサは、アアラービーとヤフヤーという二人が、双頭政治の形態で治めていた。かなり前からこの二人を反目させるべく、さまざまな謀略の手を入れてはみたが、いずれコルドバから大軍が攻め寄せてくるであろうことを予期していた二人は結束を固めており、アブドゥルの秘密工作は悉く失敗していた。

力攻めしかないが、第一次出征では無理は避け、大軍の脅しでサラゴサ勢力の実情を探ることを目的とした。

トレド同様、簡単に陥とせるとは考えていなかったのだ。

アブドゥルマリクを総指揮官に据え、三万近い大軍を発した。

この出征で、すでに三十歳を越えていた長男のスレイマンを、初めて一手の将に任じて派遣した。

略奪暴行を厳禁したアンダルス・ウマイヤ朝軍の噂は、ユダヤ人組織を使うまでもなく瞬く間にこの地方一帯に広まったので、大軍の偉容をもって迫ると各地の敵対勢力はほとんど降伏し、降伏しない者たちもサラゴサ城内の味方と合流するために逃げ去ったので、五万に膨らんだ軍団はこれといった抵抗もなくサラゴサの城を包囲した。

アアラービーとヤフヤーは城を堅く守る方針であったし、アブドゥルマリクもまた、アブドゥルから無理攻めは戒められていたので、両軍は城の内外で睨み合ったまま日が過ぎた。城側が時折夜襲などを仕掛けてきたので、小競り合いは幾たびかあったが膠着《こうちゃく》状態が続き、コルドバからアブドゥルの指令が届くと、包囲二ヶ月ほどでアブドゥルマリクは軍を返して去っていった。

こうしてアンダルス・ウマイヤ朝軍は一旦は退いた。

が、翌年こそ本格的な攻撃が行われるであろうことは子供でも予想できた。

すでにサラゴサ以南の地域はコルドバ政権の支配下にあり、城内にも内通する者たちが出始めている様子に、大勢は極まったかに思われた。

ここに至ってアアラービーは非常の行動に出た。およそアラブ人にとって考えられぬ相手に援軍を求めたのだ――異民族であり、そして異教徒である男に。

昔、ワインの好きな王様がいた。

その頃のワインといえば赤い飲み物であったが、ブルゴーニュにあった彼の葡萄畑では無色透明の、白ワインを作らせた。

皆が赤なら俺は白、このあたりにこの王を知る一端があろう。

生涯に五十三回もの軍事外征を行い、征服に次ぐ征服によって空前の領土を獲得したこの王、名をシャルルというが、世間は〝シャルルマーニュ〟と呼んだ。

マーニュとは〝偉大なる〟という意の尊称で、英語だとチャールズ・ザ・グレイトとなる。もっとも日本では、ドイツ語読みの「カール大帝」の名で知られている。

今日のヨーロッパの原形を創り、トランプのハートのキングの絵柄のモデルとなった王である。

四十六年前、イスラームのヨーロッパ侵攻をトゥール・ポワティエで食い止めたカール・マルテルの孫であった。

カール・マルテルはメロヴィング朝フランク王国の宰相であったが、実質的には最高権力者であり、日本の執権北条氏のような存在であった。

ちょうど蒙古の襲来を退けた北条時宗と立場が似ているともいえよう。

それはともかく、その子ピピンは上を克《こく》してカロリング朝フランク王国を樹立したので、シャルルマーニュはカロリング朝フランク王国の第二代国王であった。

もっとも、これより二十二年後の八〇〇年、西ローマ帝国の皇帝の冠を戴くことになる。

逸話の多い人物で、実の娘たちと姦通《かんつう》したなどというのもある。

娘たちの結婚をなかなか承諾しなかったからだが、真偽はともかく、そういう噂が立つほどに精力的で独占欲の強い男であった。

アブドゥルより一回り若く、この時三十六歳、精神も肉体も最も充実していた。

アアラービーの使者は、今日のドイツ北部でゲルマン人の一派であるザクセン族討伐中のシャルルマーニュの陣に、人質の実子を伴って現れた。

バーデルボルンという地で、エヴァンゲリスト（キリスト教の布教を神よりの使命と信ずる者）であるシャルルマーニュが、降伏させた者どもを大集団洗礼という強制改宗させている時であったから、鼻息も荒かったであろう。

援軍を乞う使者の口上を聞きながら、シャルルマーニュの血は躍った。

祖父カール・マルテルはイスラーム勢力を食い止めはしたが、攻め入って領土を奪うことはできなかった。

偉大なる祖父を越えるチャンスが廻《めぐ》ってきたのだ。

5　シャルルマーニュとの対決

初夏とまではいかないが春も終わりに近い季節、今日のアンダルシアでは鮮やかな黄色いヒマワリが咲きだす季節だが、北アメリカ原産のこの植物はこの物語の時代には、まだイベリア半島に伝わっていない。

灌漑で広がったコルドバ北方の耕作地帯、そこに小さく白い花を見せ始めたオリーブ畑を縫うようにコルドバへ続く街道——

そこに、相変わらず垢と埃でぼろぼろになったトーガを身に纏った杜環が、ロバに跨がってとことこと戻ってきた。

訝しむ宮殿の門衛に名を告げると、アブドゥル自らが出迎えて、日焼けした顔の杜環と再会した。

十数年ぶりの再会をアブドゥルが大喜びしたことは言うまでもなく、すぐバドルに急使を遣わした。

ハエンからバドルが駆けつけると、ムトハも加えた四人は終夜飲み明かした。

翌朝、といっても昼に近かったが、宮殿内の中庭で四人とも寝転びながら、水晶をくり抜いて作った本物のクリスタルグラスに入った二日酔い醒ましのオレンジジュースを飲んでいると、高くなった陽射しを手で遮りながら、杜環がけだるい口調で何気なく話し始めた。

「……あのシャルルって男な、ありゃただの暴れん坊じゃありゃせんぞい」

水晶グラスを手のひらで転がしながら、アブドゥルはゆっくりと目を瞑《つむ》り次の言葉を待った。

「ガキの頃はむしろ気の弱い方じゃったらしいが、ヒルデガルドっちゅう嫁さんをもろうてからは戦ばかりやっとる」

「ふーん……」

「その嫁さんちゅうのが変わった女で、戦場にまでくっついて行くそうな」

「なんて女だあ」バドルが口を挟んだ。

「全世界をプレゼントしてやるとでも誓うたやもしれんて、おっひょひょひょ」

「ははは、純情じゃないですか」

朗らかに笑うアブドゥルに、さらに杜環は続けた。

「ところでお前さん、イルミンズールのこたぁ聞いとるかい？」

「ええ、一応は」

ザクセン族はじめゲルマン諸部族が、この宇宙を支える柱と崇《あが》め奉る御神木のことで、キリスト教の伝導者をもって任ずるシャルルマーニュは、この大木を異教のシンボルであるとして伐《き》り倒してしまったのである。

「メッカのカーバ神殿をぶち壊されたら、アラブ人はその男に屈服するかね？」

「あり得ません」

「ゲルマン族も然《しか》り、反乱は何度でも起こるじゃろう。あの男はそれを承知で伐り倒しよった、根絶やしにするまで殺し続ける覚悟でな。そういう悪魔を宿しとるわい」

「……」少し考えに耽るアブドゥルに杜環は言う。

「奴はこのイベリア半島へ来るぞ……アブドゥルよ、今度の相手は自分自身だと思え」

「ふーん、シャルルマーニュってな、それほどのもんかい」

バドルがむくりと起き上がりながら口を挟んだ。

「まぁ、数百年に一人っちゅう英傑だわな」

侍者にジュースのおかわりを頼み、

「それにしてもマンスールといいシャルルといい、アブドゥルよ、お前さんもえらいのに挟まれちまったもんじゃのう、ひょっほほ」

苦笑するアブドゥルの横で、バドルがにやりと笑いながら言い返した。

「なぁに、気の毒なのはシャルルマーニュとマンスールさ。何せ一〇〇〇年に一人のアブドゥル様を敵にまわしちまったんだもんよ」

ムトハが顔を綻ばせてグラスを高く挙げる。

「ほぉ～～言うようになったのう」

杜環は満足げに、運ばれたジュースを喉に流し込んで続けた。

「今の奴は昇る朝日じゃ、まともに戦の相手なんぞしよったら、木っ端微塵にやられちまうぞい」

「ええ、判っています」こう言うアブドゥルに杜環はにやりとして、

「やっぱり、寝技に持ち込む腹かい」

アブドゥルは杜環に向き直って問うた。

「ザクセン族の中で、一番骨の硬い男は誰でしょう？」

権力者が真に恐れるのは大地を覆う大軍ではない、我が地位を脅かす者の出現である。

ヤフヤーはシャルルマーニュに援兵を請うというアラービーの意見に同意はしなかったも

の黙認してしまい、そして人質を出さなかった。

後になって後悔したが手遅れであった。

アンダルス・ウマイヤ朝軍を撃退できたとしても、シャルルマーニュは当然サラゴサの支配権をアアラービーに委ねるだろう。

今の地位は追われ、悪くすれば殺される——このヤフヤーの不安にアブドゥルはつけ込んだ。

（キリスト教徒の兵を一人たりとも城内に入れなければ、アンダルス・ウマイヤ朝の下ではありますが、あなたは全サラゴサの支配者になれましょう）

買収したヤフヤーの側近にこう囁かせた。

こうして、アアラービーとヤフヤーの堅い結束は崩れた。

難攻不落の城というのは、往々にしてこのように陥ちるものなのであろう。

アブドゥルが打ったもう一つの手は、バスク人との同盟であった。

ピレネー山脈に土着する彼らは、これまでイスラームにもフランク王国にも属さず独立して自治していたが、シャルルマーニュが国王になって以来、フランク王国への併呑《へいどん》の脅威にさらされ続けていたのだ。

アブドゥルは改めてバスク人たちと互いに不可侵の約を交わした上で、これ以後は対等の付き合いをしようと申し入れて同盟を成立させた。

七八八年の秋、シャルルマーニュはアアラービーの予測を遥かに上回る十万を超える大軍を発してイベリア半島に雪崩れ込んだ。

大軍ゆえ二手に分かれてピレネー山脈を越えた。

シャルルマーニュ自身は本軍を率いて西から、イバニェタ峠を越えパンプローナを経てサラゴサへ。

別動軍は東側、バルセロナを通ってサラゴサで合流する手筈であった。

途中、バスク人の襲撃を予想していたが、彼らは息をひそめて大軍団が通り過ぎるのを見守るだけであった。

（はて……）不審に思ったシャルルマーニュも、各方面に発した偵察部隊からバスク人たちが砦に籠って出戦の気配はないとの報告を受けると、

「この大軍の武威に竦み上がっておるのでしょう」

という部将たちの意見に頷いて軍を進めた。

唯一、パンプローナの近郊でイスラーム兵の激しい抵抗に遭った。

アブドゥルがバスク側に遣わした援兵で、二十歳前後の若い兵士たちから成る三〇〇の兵であった。

出征する彼らにアブドゥルは、

「お前たちはアッラーの誇りである」と告げて送り出した。つまりは死ねということだ。

来《きた》るべきフランク王国軍との戦いの前に、こちらの思惑どおりに事を運ぶためには、イスラーム兵の強さを示しておかねばならなかったのだ。

年を経た者たちであれば、どうしても器用に引き揚げてくるであろうから、若い者たちだけで往かせた。

バスク人たちの目もあって、彼らはアブドゥルの狙いどおり全滅するまで闘い続けた。

こうしてシャルルマーニュの大軍団はイベリア半島へ雪崩れ込み、サラゴサへ向かったが、この大軍団ゆえに重大な誤算が生じてしまった。

援軍を頼んだアアラービー自身が震え上がってしまったのだ。

これではアブドゥル軍を撃退できたとしても、サラゴサはシャルルマーニュのものとなってしまうであろう。

統治を委ねてもらえると考えるほどアアラービーも馬鹿ではない。

彼は翻心した——息子を捨てて。

ヤフヤーとも相談し、シャルルマーニュの軍をサラゴサ城内には入れまいと決めた。

庇《ひさし》を貸して母屋を取られてはかなわない。

すでにアアラービーを討つつもりであったヤフヤーも、ここは一旦協力して籠城することにした。

バルセロナ方面からの軍とも合流したシャルルマーニュの大軍団がサラゴサ城内に使者を送

ると、アアラービーとヤフヤーはその使者を追い返した。

当然シャルルマーニュはこの裏切りに激怒した。

激怒したシャルルマーニュではあったが、

「こうなれば一挙に城を揉み潰すべし！」

と、憤慨して言う部将たちを抑え、サラゴサを包囲したまま静観の構えをとった。

すでにコルドバからアブドゥルの派遣した三万を超える軍勢が寄せてきている。攻城がてこずれば、腹背に敵を受けねばならなくなるからだ。

激怒はしたが計算を忘れる男ではなかった。

こうしていよいよウマイヤ朝軍が迫ると、城へは抑えの兵だけを残し、主力はシャルルマーニュ自らが率いて迎撃に向かった。

しかしアブドゥルマリクを主将に据え、長子スレイマンを副将としたウマイヤ朝軍は、サラゴサ領内に入ってからは軽率な進軍は控えて、各隊の連絡を緊密にしつつ敵と対峙する姿勢を見せた。

時折夜襲は仕掛けるものの、騎行半日ほどの距離を取ってそれ以上は接近しなかった。

アブドゥルから主力決戦は避け、敵が押せば引けと命じられていたのだ。

フランク王国軍が攻め寄せると逃げ散り、引き揚げるとまた現れるといった具合で、シャルルマーニュも決して深追いは許さず、敵地で軍を散開させる愚は犯さなかった。

こうして時がたつにつれ次第にシャルルマーニュの苛立ちは募り、ついに一挙にコルドバに迫ろうと決めたちょうどその頃に、待っていた報せがユダヤ人諜報網を通じてヨーロッパからもたらされた。

ザクセン族が再び反乱を起こしたのだ。

強硬派の旗頭ヴィドゥキントに軍資金を渡して、このタイミングでの挙兵を謀っていたのだった。

この報せを受けてから、アブドゥルは後詰めの二万近い軍勢を率いてコルドバを発った。

ここに至ってシャルルマーニュは、この遠征を切り上げねばならなくなった。

精兵の多くはイベリア半島へ率いてきている、在地の兵力だけでは勇猛をもって鳴るザクセン族を討てまい。

さらにこの機に各地へ反乱が飛び火する恐れもある。

今、手持ちのこの主力軍団をすぐさまヨーロッパへ返さねば、彼の王国は崩壊しかねない危機であった。

もたもたしてはいられない。

ここまで来ていながら、しかも戦らしい戦もせぬうちに——シャルルマーニュは唇を噛んだことであろう。

「これでまずは勝ちましたな」

進軍中に馬を寄せて言うバドルの言葉に小さく頷いたアブドゥルに、

「あとはどれだけシャルルめを痛めつけられるかじゃの」

ムトハに轡を取ってもらって同行する杜環が続けた。

馬上でその隻眼を細めつつ、

「それは、バスク人たちの仕事でしょう」アブドゥルは応えた。

軍を発して追撃の構えは示したものの、アブドゥルにシャルルマーニュを追う気はなかった。放っておいても出て行くのに余計な死傷者を出してもつまらないし、もし反転されでもしたら大会戦に持ち込まれてしまうかもしれない。

アブドゥルはゆっくりと軍を進めた。


ピレネー山脈を北へ向かって退却するフランク王国の兵士たちに、群狼の如きバスク人たちが容赦なく襲いかかった。

ロンセスバレスの峠では、森の中に潜んでいた伏兵が山上から退却軍の殿《しんがり》部隊を奇襲し、数千の単位で敵を討ち取った。

この時の戦いを題材にしたフランス中世の武勲詩『ローランの歌』は、西ヨーロッパでは知らぬ者のないほど有名な物語となっている。

物語では、猛将ブルターニュ伯ローランが、ロンスボォーでサラセン帝国の大軍に包囲され、奮戦の末、最後は愛剣デュランダルを岩に叩きつけて折ろうとするが折れず、先行するシャルルマーニュ王に危険を知らせる角笛（オリファン）を吹き続けながら壮絶な討ち死にをしたことになっている。

ともあれ、バスク人たちは昼夜を問わず襲い続け、退却軍の損害は無惨なほどであった。踏みとどまって蹴散らしてやりたいがそうもならず、次々に斃されてゆく味方の屍《しかばね》も拾えず退却せねばならない。

――この屈辱、この惨めさ――

シャルルマーニュは生涯で初めての敗北、その苦味を知らしめた男、アブドゥル・ラフマーンを心中で呪い続けながら、イベリア半島を去らねばならなかった。

その頃サラゴサ城内では、ヤフヤーがアアラービーを謀殺して単独の支配者になり、進駐してきたアブドゥルを城内に招いて人質の実子を差し出した上で貢納を約し、臣下となった。

こうしてようやく北方も治まったかと思った矢先に、バスク人の戦闘部隊がサラゴサ北西のトゥデーラを襲ったという報せが入った。

シャルルマーニュの軍勢に痛打を喰らわせたバスク人たちが調子に乗って、条約に背いてアンダルス・ウマイヤ朝の領土にまで攻め入ったのであった。

おそらく戦勝に浮かれてしまった一部の跳ねっ返りどもの弾みであったろう。

アブドゥルも深刻には考えなかったが、オトシマエだけはつけねばならず、サラゴサの包囲を解いてコルドバへ引き揚げる軍勢の中から一万五〇〇〇ほどの精鋭を自ら率い、エブロ川流域を遡上してバスク人の土地へ入った。

緑のターバンを巻いた軍旗を陣頭に立てての親征に、敵は蜘蛛《くも》の子を散らすように逃げ去り、戦闘らしい戦闘もないまま軍を進めた。

途中で占領した街や村で水食糧を徴発したときも、必ずきちんと代金を支払い、非戦闘員に対する略奪暴行は厳しく戒めていた。

ところがある別働軍の支隊が、占領した村で住民たちから夜陰に襲撃を受けて、百数十名のほとんどが殺されるという事件が起きた。

油断もあったろうが、まさかの騙し討ちであった。

生き残った者の報告では、女子供までが槍を手に襲ってきたという。

アブドゥルは数秒目をつむり、そして開いたその隻眼には、将として為すべきことを為す強い決意があった。

各地に展開する部隊にこの情報を知らせる急使を発した後、手持ちの三〇〇〇の兵をアブドゥル自身が率いてその村に急行した。

村は報復を恐れてもぬけの空であったが、付近を徹底的に捜索して、山間の谷に住民たちが避難していることをつきとめた。

さとられぬよう慎重に包囲し、

「皆殺しにせよ」と命じた。

それはもう戦闘ではなく、酸鼻を極めた殺戮であった。

悲鳴と叫喚の地獄図のさなかに馬を乗り入れたアブドゥルは、轡をとっていたムトハにも
「ゆけ」と命じた。

蒼白《そうはく》な顔で剣を抜いたムトハが、乳飲み児を抱いて逃げ去ろうとする女を背から突き通した。

地に落ちた赤子が泣き叫び、その前に立ったムトハが泣きだしそうに顔を歪めて振り返ると、
アブドゥルが馬上から黙って見つめていた——ムトハは剣を逆手に持ち替えて赤子を突き貫いた。

あとは、血刀を提げたまま殺戮の場に踏み入り、機械的に剣を振るっては人を殺す作業を続けた。

捕らえた二人の男に、

「バスク人よ、この有様を伝えよ」

と言って逃がしたほかは、四百数十人の村人を悉く殺し尽くした。

虐殺はわずか二十分足らずの出来事であったという。

アブドゥルは、バスクの主要拠点であったパンプローナを陥とした時点でこの討征に区切りをつけた。

もう山を降りるなと、十分に釘は刺したからだ。

ところがここで、アブドゥルは髪の毛が逆立つほどの怒りを覚える知らせを受け取った。

ヤフヤーが翻意して、再びサラゴサに立て籠ったのだ。

反乱は確かに腹立たしいが、力で欲しいものを得ようとするのはアブドゥル自身も同じだから仕方がない。

許せないのは、またもや子供を殺せという命令を出させたことであった。

人質になっているヤフヤーの息子は、まだ十歳にもなるまい。

軍勢の派遣と人質の処刑を命じる急使をコルドバに遣わすと、アブドゥルはすぐさまパンプローナを引き払ってサラゴサへ軍を転じた。

翌七七九年、もう後顧の憂いのなくなったアブドゥルは、五万の大軍と多量の投石器を揃えて、サラゴサの城を力攻めで一気呵成に陥としてしまった。

陥落後もヤフヤーは自害をせず、隠れていたところを捕らわれた。

引き据えられ、うなだれるヤフヤーを前に、アブドゥルは静かに見下ろしたまま何も語らなかった。

史書には、ヤフヤーは残虐に長い時間をかけて処刑されたと記されている。

当時の風習からすると、長い時間をかけての処刑といえば磔刑であるが、あえてこう記されているのは別の処刑法だったのであろう。

6　去り行く者と来る者

サラゴサの平定によって、イベリア半島は完全にアンダルス・ウマイヤ朝の支配に服した。これ以後は大きな反乱も起こらず、平和と繁栄を謳歌することになるのだが、アブドゥル自身の身辺は次第に寂しいものとなってゆく。

サラゴサから帰還して間もなく、ムトハが故郷のナフザ族のもとへ帰りたいと、手ぶりでアブドゥルに伝えた。

見つめるアブドゥルの視線を躱して俯くムトハの肩に、アブドゥルはそっと手を添えて、「ご苦労だったな」と、ねぎらいの言葉をかけて帰郷を許した。

「心根の優しい奴じゃで、赤ん坊の声が鳴りやまんのじゃろうよ」

バスクでの出来事を知った杜環がこう言うと、

「私には鳴らない。どうやら冷酷な人間のようですね」

淡々として応えたアブドゥルに、杜環もかける言葉がなかった。

ユダヤ人ルートで安全にナフザ族のもとまで送り届ける手はずをつけ、頭《かしら》だつ者に後々の暮らしも立つように計らってやれと十分の金を託して、ムトハを送り出すことにした。

数日後、南へ続く街道をゆくムトハの一行を、宮殿のバルコニーから見えなくなるまで見送るアブドゥルに、傍らから杜環が、

「もう二度と戻っては来んじゃろうのう」

こう呟くと、アブドゥルは、

「ええ……故郷へ帰れるあいつは幸せ者なのでしょう」

小声で言った。


続いてオバーラが病死した。乳癌《にゅうがん》であったようだ。

それは仕方がなかったが、その直後に、同族のアブドゥルマリクを処刑せねばならない事件が起こった。

エジプトから着の身着のままで流れてきたのを、アブドゥルが拾って政権の中枢にまで就かせてやった者である。

後継者に指名していたヒシーム暗殺の陰謀が発覚し、彼が首謀者であることが判明したのだ。

アブドゥルは、アンダルス・ウマイヤ朝の後継者には長男のスレイマンではなく、オバーラの産んだヒシャームに決めていた。

これはスレイマンの能力が劣っていたからではない。

勇敢で行動力もある。むしろあり過ぎたと言えよう。

スレイマンの代になれば、彼は必ずや海を渡って対アッバース戦争を行うだろう。

宿敵アッバースへの復讐、そして故国シリアとメッカ奪回は、むろんアンダルス・ウマイヤ朝の悲願ではあるが、現実的には無理であることは子供でもわかる。

しかしスレイマンならやる。やれば国は疲弊し、南北から強国に狙われ、内からも反乱の芽が伸び、アンダルス・ウマイヤ朝は二代で滅ぶだろう。

アブドゥルの冷静な眼はそこまで見通して、アミール位の継承権を穏健で聡明なヒシャームに定めていたのであった。

スレイマン派のアブドゥルマリクが、オバーラの死を機に後宮に手を伸ばしてヒシャーム暗殺を謀ったこの事件で、アブドゥルは初めてクライシュ族、ウマイヤの血を引く者を処刑せねばならなかった。

スレイマン自身がこの陰謀に加担していたかどうかは不問に伏し、その身柄はコルドバから東海岸のアルメリアに移した。

アンダルス・ウマイヤ朝の未来を考えれば、加担していようがいまいが、この時スレイマンを殺しておくべきであることぐらいは十分に判っていたが、

「お前さんでも、さすがにそれはできんかい」

やるせない思いで語りかける杜環に、

「そういうことではなく……死後のことまでどうにかしようなどという傲慢さは、アッラーを冒瀆《ぼうとく》することになるでしょう」

アブドゥル・ラフマーンはこう答えたという。


この事件の後は、政治的にも安定したアンダルス・ウマイヤ朝の天下は、コルドバを中心にさらに繁栄の一途を辿るのだが、対照的にアブドゥル自身の身辺は、その晩年においてますます寂しくなってゆく。

年に二度か三度、家族と共に季節の作物を持って訪ねてきていたサラが健康を損ねたため、以後は便りだけの交流となり、アブドゥルは姉とも慕う貴重な助言者と直接会うことがなくなってしまった。

そして七八六年、死去の二年前になって、アブドゥルの心に決定的な痛手を与える事件が起こった。

バドルを追放せねばならなくなったのだ。

ハエンの領地にいるバドルが、国庫に納めるべき税額を誤魔化して私腹を肥やしていたことが露見したのだ。

問責使に対してバドルは罪を認めた。

どのような処分も甘んじて受けるが、一目アミールに会いたいと懇願し、許された。

コルドバへ出頭したバドルを宮殿内の謁見の間に通し、玉座から見下ろしながら、

「バドル……バドルよ……」

足元に蹲《うずくま》って泣くバドルに、アブドゥルはかけるべき言葉もなかった。

領地を召し上げた上、三人の妻と子供たちはコルドバに引き取って面倒を見るが、バドルは身一つで追放することになった。

「これより三ヶ月たっても、その足がアンダルス・ウマイヤ朝の地に立っていれば、その足を切り取ることになるぞ」

追放の日、役人たちにこう言われて街道に放たれたバドルが、肩を落としてとぼとぼと歩み始めると、街道脇の並木の陰からアブドゥルと杜環が姿を現した。

杜環はロバに跨がり、騎乗したアブドゥルの手には、もう一頭の馬の曳き綱が握られていた。その馬の鞍の両脇に吊《つ》るされた皮袋には、ぎっしりと金貨が詰められている。

黙って手綱をバドルに渡すと、さすがに込み上げてくるものがあり、目がしらが熱くなったアブドゥルは、馬首の向きを変えて二人に背を向けた。

「この阿呆ぅをシリアまで送ったら……」

バドルの頭をコツンと叩いてから、杜環がアブドゥルの背に向けて言った。

「わしもそろそろ故郷へ帰るとするわい」

この後、杜環は獅子国（セイロン島）、現在のスリランカ経由の海路をとって広東港に着い

ている。

その生涯を通じての見聞を『経行記』として著すが、後世には伝わらなかった。残っていればマルコ・ポーロの『東方見聞録』やイブン・バットゥータの『三大陸周遊記』を超える壮大な大旅行記、歴史資料ともなっていたことを思うと残念でならない。

それはともかく、

「寿命が尽きるまでに帰れるかどうか判らんがのう、ひょほっほ……さらばじゃ」

最後の別れを言い残すと、うなだれたままのバドルを乗せた馬の尻を手のひらでぴしゃりと叩いて去って行った。

バドルは何度も振り向いたが、アブドゥルは馬上で空を見上げたままであった。

ユーフラテス川に飛び込んでから、苦難を共にしてアル・アンダルスに渡った仲間たちが、すべていなくなった。

アブドゥルは黙ったまま見上げている。

空高く舞う鷹は、高いほどに孤影がさす——

以来、亡くなるまでの二年間、このイベリア半島の支配者は、人々からひたすら恐れられる存在へと変貌した。

かつてのようにロイヤルボックスから広場の民衆に手を振ることはなくなり、宮殿内に籠って常に策謀を練り、人々を監視するべく秘密警察の網を張りめぐらせ、容赦のない追及と処罰をもってその王国の支配に臨んだ。

同時に、聖ヴィセントゥス教会を接収して、その跡地に、

「バグダッドを凌ぐモスクを建てよ」

と命じ、財貨を惜しまず壮麗な大モスクの建造に着手した。

今日、噴水や円柱、そして〝オレンジの中庭〟など、コルドバのメスキータ（モスク）として知られるこの高名なイスラーム寺院は、代々のアミールがその建造を引き継いでようやく完成したものである。

篤《あつ》い信仰心と冷徹な支配――別段アブドゥルに矛盾はなかったろう。どちらもアル・アンダルス、イベリア半島に平安をもたらす手段であったからだ。

アッバースに追われ、新天地に夢を賭してアル・アンダルスへ渡って三十数年、この結末をアブドゥルはどう受け入れたのであろうか。


七八八年、アブドゥル・ラフマーンは五十八歳でその生涯を閉じる。

その死の数ヶ月前に、ペルシャより遥かな旅を重ねてやって来たキャラバンの一行がコルドバに入ると、アミールへの拝謁を願い出た。

「是非とも献上したき品を持参した」という。

謁見を許し、宮殿内の中庭に出てみると、衛兵たちに取り巻かれて八十人を超えるであろう大人数のキャラバンが、馬やラクダに多くの荷を積んだまま控えていた。

一行の主人が進み出て拝跪し、

「旅の途中にシリアのダマスカスに立ち寄って求めたものでございます」

こう言って合図すると、キャラバンの中ほどから二頭の馬が曳く荷車に載せられた、一本のナツメ椰子が進み出てきた。

「ほう……」懐かしい樹であった。

ふと見ると、荷車の傍らに七つか八つになるであろう少女が立っており、まっすぐにアブドゥルの顔を見つめていた。

――その眸《ひとみ》に見覚えがあった。

「亡き母の遺言にて、この樹を陛下に献上奉りまする」

主人の言葉を受けても、アブドゥルの隻眼は少女の目から離れなかった。

アブドゥルの視線に気付いた主人が、少女に向かって、

「これサーリム、頭《ず》が高い」

叱ると、ハッとした少女は慌てて拝跪した。

（そうか）――すべて判った。

「ご無礼いたしました、我が娘でございます。亡き母の名を継いでサーリムと申しますが、幼

さに免じてお許しくだされませ」

ナツメ椰子と少女とを見やるアブドゥルに、一陣の風のように、遥かな時間が通り過ぎていった。

コルドバから北へ三キロほどの郊外に小高い丘がある。

アブドゥルはそこに、祖父に倣って〝ルサーファ〟と名付けた離宮を作っており、そこにこのナツメ椰子を植えた。

死を迎えるまでをアブドゥルはこの離宮で過ごし、ナツメ椰子の樹の下でよく自作の詩を口ずさんだという。

望郷の想いを託した詩で、今日でもこの地方に伝わっている。

中でも有名な次の一節を紹介して、この物語の終わりとしよう。

最果ての西の国、
ルサーファの庭のナツメ椰子よ
そなたも我も、
異郷にただ独り生きてあるか

完

著者あとがき

今回の刊行に様々ご尽力いただいた方々、
中でもアマチュアの拙い推敲に辛抱強く最後まで対応して下さった、
文芸社編集部の吉澤茂様には心より感謝いたします。

参考文献

『アラブの歴史』Ｐ・Ｋ・ヒッティ著　岩永博訳　講談社
『イスラーム世界史』後藤明著　ＫＡＤＯＫＡＷＡ
『イスラーム文化　その根底にあるもの』井筒俊彦著　岩波書店
『アラブとしてのスペイン　アンダルシアの古都めぐり』余部福三著　第三書館
『イスラム・スペイン千一夜』小西章子著　中央公論新社
『砂漠の文化　アラブ遊牧民の世界』堀内勝著　ニュートンプレス
『ローランの歌　フランスのシャルルマーニュ大帝物語』鷲田哲夫著　筑摩書房

著者プロフィール

吉山 浩（よしやま ひろし）

1956年大阪府生まれ。

龍谷大学中退。

船員、会社員を経て、印刷会社設立。

閉社後長距離ドライバーに就き、2022年、脳梗塞にて入退院。

クライシュの鷹 高く舞う孤影

2025年4月15日　初版第1刷発行

著　者　吉山 浩
発行者　瓜谷 綱延
発行所　株式会社文芸社
〒160-0022　東京都新宿区新宿1－10－1
電話　03-5369-3060（代表）
03-5369-2299（販売）

印刷所　TOPPANクロレ株式会社

©YOSHIYAMA Hiroshi 2025 Printed in Japan
乱丁本・落丁本はお手数ですが小社販売部宛にお送りください。

送料小社負担にてお取り替えいたします。

本書の一部、あるいは全部を無断で複写・複製・転載・放映、データ配信することは、法律で認められた場合を除き、著作権の侵害となります。

ISBN978-4-286-26453-0